边地诗

孙守涛 ◎ 著

山东文艺出版社

图书在版编目（CIP）数据

边地诗 / 孙守涛著. —济南：山东文艺出版社，2021.1
ISBN 978-7-5329-6272-3

Ⅰ.①边… Ⅱ.①孙… Ⅲ.①诗集—中国—当代 Ⅳ.①I227

中国版本图书馆 CIP 数据核字（2020）第 226201 号

边地诗

孙守涛　著

主管单位	山东出版传媒股份有限公司
出版发行	山东文艺出版社
社　　址	山东省济南市英雄山路 189 号
邮　　编	250002
网　　址	www.sdwypress.com

读者服务	0531-82098776（总编室）
	0531-82098775（市场营销部）
电子邮箱	sdwy@sdpress.com.cn

印　　刷	山东泰安新华印务有限责任公司
开　　本	890 毫米×1240 毫米　1/16
印　　张	22
字　　数	190 千
版　　次	2021 年 1 月第 1 版
印　　次	2021 年 1 月第 1 次印刷
书　　号	ISBN 978-7-5329-6272-3
定　　价	59.00 元

版权专有，侵权必究。如有图书质量问题，请与出版社联系调换。

序

东部：谁人出彩建构起新边塞诗歌

黄文科

因为主持地方志工作的缘故，我有些疏远了诗歌，似乎顺应了由诗歌到文学评论再到地域史志的宿命，可内心总有慢待诗歌和文学的隐痛。能回到诗意的旧爱中，重温诗歌的旧梦，倒应该感谢诗友守涛和他的诗歌。

孙守涛的诗歌是男人的诗歌。在当下复古幻梦化、崇洋媚骨化、痞子粗鄙化、圈子自娱化喧闹的诗歌风光里，诗人孙守涛独树一帜，在诗歌中张扬坚硬不屈苍凉悲怆的雄性意识，他的诗歌，与唐代高适、岑参为代表的边塞诗和20世纪80年代昌耀、杨牧、周涛、章德益为代表的新边塞诗，形成诗歌生物学和遗传学的血脉联系。2007年11月，在丹东市文学艺术家联合会和丹东市作家协会举办的孙守涛诗集《风念经》学术研讨会上，我指出了其诗歌中的东部新边塞诗美学特征，并重点阐释了其东部新边塞诗的生成背景和艺术特色。那篇文章的题目是《东部：新边塞诗因谁而开启——新边塞诗创作的艺术梳理》。不过，孙守涛那时的诗歌只是呈现出东部新边塞诗的趋势性，诗集《风念经》中东部新边塞诗比重较小，对东部新边塞诗的面貌呈现并不充分，我在肯定其东部新边塞诗趋势性特质的同时，还做了激励诗人以后有意识开拓东部新边塞诗的提醒和暗示。时光荏苒，出版诗集《边地诗》与出版诗集《风念经》中间相隔了12年。只是这12年，诗人以生命的深情和清晰的艺术追求，更加专注于东部新边塞诗艺术体系的建构。

孙守涛东部新边塞诗诗歌美学创作心理的形成，总体而言，是他纾解雄心大志失败与"客居"异地被边缘化挤压形成的不平之气而生成的，是他当年接受文学的革命浪漫主义和苍凉悲怆的生命感受结痂成雄性诗意而长成的。诗人孙守涛1945年生于山东省章丘县（今济南市章丘区），按祖谱应属古代大军事家族系，从山东大学中文系毕业后被分配到祖国东部边塞一个曾经被称为安东的地方。他的被动"闯关东"，不同于那些前人生活无着落的悲壮之举，自恃文化骄子积极入世的浪漫情怀与被动坠落沦为"臭老九"扭曲而迷失的现实形成巨大心理落差，客居的心态、被边缘化的流放心态、不得志的心态，在特殊时代背景下渐渐沉淀。唐代的边塞诗生于戍边和征战，新边塞诗生于流放和屯垦，孙守涛的东部新边塞诗生于边缘化和不得志。他的这种人生经历，与昌耀因为错划为"右派"流放青海,与杨牧为摆脱生存危机当盲流逃难新疆有些相似,只是昌耀、杨牧、章德益、周涛他们爆发于苍凉悲壮的西部,爆发于诗歌自新和复壮的20世纪80年代,他们所创造出的新边塞诗流派早已成为新时期中国诗歌史精彩的一部分。诗人孙守涛虽与王、杨、章、周年龄相仿,经历相似,却历经漫长的岁月才找到新边塞诗这种抒情方式,将当年知识分子怀抱理想精忠报国的信念被异化被改造的不平之气,将从文化骄子的峰巅上跌落到边塞之地之不平之气,沉积在心里成为一代人悲苦命运的精神岩浆,与东部某个苍凉的物象形成心灵对撞,雄性诗意的火山由此喷发,落在纸上便是诗人孙守涛的东部新边塞诗。

　　诗集《边地诗》设九辑,收录诗歌二百多首,是其诗集《风念经》后又一集大成之作。诗人在《后记》中这样阐述自己的东部新边塞诗的艺术追求:"诗歌是文学的宝塔尖,中国历史上诗歌鼎盛期在盛唐,唐诗号称五万首,其中边塞诗两千,是最具代表性、最辉煌灿烂的部分。边塞诗在文学史上留下浓墨重彩,也在我的心灵打上深深烙印,并且反复锻打着我的文学梦。而我所处的边塞环境和我的精神心灵追求有一种自然的契合。"这等于夫子自白,是我们理解这部诗集的密码所在。他的新边塞诗创作以大东北为基地,建立在游历基础上,遍览祖国边陲之地,这与他崇尚当代最杰出行吟诗人李瑛有关,就我个人而言,我更注重他的诗歌总体上呈现出的边塞诗特征。这就有意思了,天南地北,都成为其新边塞诗吟咏之地,特别是第九辑竟然把新边塞诗吟咏至域外，我尊重他新边塞诗题材选择的开放性。与此同时，他也在努力建构新边塞诗的识别体系，即追求建构东部新边塞诗的主体性，把成就东部新边塞诗诗歌体系当作创作目标。以大东北为题材的新边塞诗多达130首，加上上部诗集《风念经》中的28首，仅大东北题材的新边塞诗就近160首，这些完全可以支撑起其东部新边塞诗的诗歌体系。

欲揭开孙守涛东部新边塞诗的特质，首先需要对边塞诗和新边塞诗略做一梳理。边塞诗也称出塞诗，是指以边疆地区汉族军民战争生活和边塞自然风光为题材的诗歌流派，其鼎盛时期在盛唐，代表诗人有高适、岑参、王昌龄等。其诗歌类型大约有四种：一是以戍边战士的视角，抒写战争的惨烈和忠贞报国的豪情；二是以闺中主妇的视角，抒写对戍边夫婿的思念和对和平生活的向往；三是以旁观者的视角，抒写战争对生命的摧残和毁灭，控诉战争的罪恶；四是以将士的视角，抒写戍边状态或战争状态下异域的苍凉自然风光和文化边塞特质。其美学风格主要表现为雄浑、磅礴、豪放、浪漫、悲壮、瑰丽。新边塞诗诞生的背景是20世纪五六十年代西部大规模的军垦和戍边，所以，也有人将之命名为西部诗歌。新边塞诗区别于边塞诗的特点有三：一是不再使用古典诗歌绝律和词的实现形式，而使用我手写我口的白话诗歌形式；二是不再沉迷于征战的题材和生活，而是抒写西部军垦戍边积极乐观向上的新生活；三是在继承边塞诗诗意硬朗豪放的雄性意识的同时,又突出新边塞诗的主体表达——现代自我意识的觉醒。新边塞诗兴起于20世纪五六十年代,起因是中国人民解放军赢得战争胜利后进入新疆等地大规模军垦戍边,因而来新疆访问的内地诗人或工作在新疆的诗人创作出具有边疆特点的诗歌,那时候诗歌虽有边疆特质的呈现,但更多歌颂的还是开垦和建设中的劳动和爱情,代表诗人是闻捷。新边塞诗兴盛于20世纪80年代,是西部军垦戍边等奇异的边疆生活与改革开放时代背景下自我意识觉醒等思潮相激荡的产物。新边塞诗借助野性、苍凉的边塞物象,张扬出宏大的历史沧桑感,并且由此获得生命中刚毅奔放的雄性意识和生命不屈之力量,进而塑造伟岸的人格形象,正如诗评家洪子诚所言:"西部大自然的辽阔、旷远、生僻、神奇,渗透进生活在这里的人民的心灵中,成为他们的生命意识和心理现实。"新边塞诗的主要创作者差不多都于20世纪六七十年代或逃荒、罹祸来到西部,或随父母迁徙西部,在他们成为诗人的过程中,西部自然文化历史的地域力量和新时期诗歌生命意识的觉醒力量相结合,造就了新边塞诗和新边塞诗歌流派。新边塞诗歌流派的代表作承接古代边塞诗恢宏博大的气势,在保留边塞诗粗犷、强悍、雄奇、刚健、悲壮、崇高美学特质的同时,还具有现代诗歌意识的关照和开掘。

  有边塞诗和新边塞诗为参照,我们对诗集《边地诗》东部新边塞诗特质的理解和把握就更方便。

（一）深入东部沉睡的战争遗址遗迹中，呈现出东部新边塞诗的爱国之思。好的诗人不会仅仅是自己灵魂的保姆，而一定是时代和民族的代言人，他必须面对这些战争遗址遗迹，道出来自大地和历史深处的思索和声音。大东北地区是祖国的边陲，近代以来，历经甲午海战、日俄战争、抗日战争、解放战争等，战争遗址遗迹遍布各处，诗人孙守涛的东部新边塞诗，是他深入东部战争遗址遗迹所思所想的结果。中国东部边塞地区，历史文化意蕴丰厚，是一个容易被人忽视的诗歌富矿，孙守涛独具慧眼，手中拿着思考的诗歌之锤，不断在这些战争的遗址遗迹上敲打出历史苍凉而悲壮的回音。在《等待》一诗中，诗人这样吟诵：

> 铁轨的一端，连接六十年前半岛的一场战争
> 血与火染红这里的河山，所以鸟鸣是红的
> 马放南山嚼的草是红的，火车驶过大桥时歌声也是红的：
> "车过鸭绿江，好像飞一样/祖国，我回来了；祖国，我的亲娘"

孙守涛新边塞诗恢复了边塞诗吟咏战争的诗歌传统，未必是刻意为之，而是触景生情的自然流露。这首诗歌用活了"红"字，这个"红"字既体现因战争流血牺牲的残酷，也传

达出志愿军保家卫国而英勇牺牲的爱国主义精神。还有那首《清明，祭扫五龙背志愿军无名烈士墓》，诗人这样写道：

  天气阴晦，天欲雨未下
  燕子正陪伴杏花赶在路上
  我登上一级级石阶，回眸便是半个世纪
  289个无名烈士，倔强孤独的墓
  一丘丘琥珀封存悲壮流年

  诗人饱含深情的诗句，足以让读者落泪。不过，诗人笔锋一转，吟咏战士即便在死后依旧是准备战斗的状态：

  墓地，风绿了又黄，花开了又败
  回忆如墓。质感无法从血色中淡出
  炮火中倒下的身躯，依旧威武不屈玉树临风
  在地下正修筑防线，待命发起新的进攻

  战士们身上所蕴含之精神，是我们站起来、富起来、强起来的根本动力所在。诗人在爱国和人性情感中穿梭，富有真理的力量、人性的力量：

  这么多年，他们都在等待有人来接

就像我们等待接他们入驻我们的生命
此刻，可以擦一下眼角
扬手，就是晴天；挥手，就是江山
身后的国旗比太阳升起得更早
心中，大雨滂沱

相较西部新边塞诗，战争题材的新边塞诗是孙守涛东部新边塞诗的诗意增殖，与古代边塞诗有呼应。

（二）深入东部沉睡的历朝历代边地遗址遗迹中，呈现出东部新边塞诗的历史之思。最初，我不大赞同孙守涛将这部诗集命名为《边地诗》，但随着阅读的深入，我认识到，可能再没有比这个名字更精确的命名，原因在哪里呢？对于辽东乃至大东北而言，甚至诗集中涉及的大西北大西南，从文化学的角度来看，边地的命名是精确的。仅以东北而言，隋唐时期高句丽的乌骨城，明代始于鸭绿江边的老边墙（长城）、八大站、宽甸六堡，清代的龙兴之地长白山、赫图阿拉与坝上古战场……这些无一不呈边地之风。诗人是孙行者，他凝视每个遗址遗迹后面的历史内涵，与内心家国情怀交融或者碰撞，因而他的东部新边塞诗呈现历史之情思。诗集中有多首写明代长城的诗，在一处名曰险山堡的明代遗址，诗人这样吟咏：

三月，必有一场大风

大风，席卷辽东，包围险山堡
待我们乘风进入明朝，大风已把古堡吹得摇摇晃晃
人影憧憧，似有兵马移动。女真人善以风为马
常于月黑风高夜偷袭。将士们把城堡筑得高了又高
夯得牢了又牢，以瑷河为弓，以风为箭
盘马弯弓，等了又等

天，蓝得可怕，一汪水就要倾倒下来
江山易帜，一个王朝到这里走到了尽头
背倚长城，据瑷河之险的险山堡
扼守一方大明江山，依旧稳固
把自己生存成一种方式，生存得没了时间和界限
昔日沙场，宁静大地上，如今成为一种不倒的象征
与岁月休战，把时光的落寞长成一棵树
大风吹来，吹成一面旗，呼啦啦高举城头

  诗人善于穿越历史的表象，以现代诗歌之方式回味和思索，给人以历史的深邃和悲壮。这类诗歌将诗人之思串联、意象和意象组合，如项链一样自成体系。那首在大鹿岛写给邓世昌的诗中也有令人叫好的诗句：

而今，甲午耻，犹未雪。心潮澎湃

>你,一个人的静默,就是整个民族的思考
>山下,正惊涛拍岸,卷起千堆雪
>大海的波涛,涌上来,是人生;退回去,也是人生

整部诗集中,这类具有历史之思的新边塞诗随处可见,诗人倾心于历史和文化,相比较而言,这个准备是充沛的,因而这类诗歌的创作呈爆发之势。

(三)深入东部优美且苍凉的边地风光中,呈现出东部新边塞诗的人生之思。大东北有山脉、有草原、有海洋、有边境,边地风光是优美的,也是苍凉的,《边地诗》中有写边地、草原、关外风情的几个专辑,这些诗有意无意地对应了诗人写作时的年龄和心境。我非常喜欢《这个秋天》,用秋天的芦苇对应人生,有说不出的况味:

>这个秋天
>你知道,风有多大
>驼背的芦苇一律倒向广袤的晚年
>大风,把白花花的苇絮
>吹向我孤寂的心头,堆满头顶
>一行脚印
>何时抵达积重难返的残阳

人到晚年，写诗不再轻飘飘，而是沉实苍凉，诗歌的密度增强，物哀美是自我的心理审美现实。红海滩也有对暮年心绪的对应：

时在深秋，风吹大地，人间凄凉
上苍对世人说，你是一个富有的失败者，你将身无分文
毁掉上苍赐予的美，你将熬不过严冬
远方，还你一片红。看吧
一轮滴血夕阳，即将埋葬大海

诗人对人为过度开发和毁坏是失望的，所以才写出这样优美而感伤的诗句。

（四）深入家族亲人生离死别的历史况味中，呈现出东部新边塞诗的人伦之思。边塞诗也好，新边塞诗也好，因为生存环境的严酷与生命恣意舒展严重对立，诗意中充满男人的粗犷、强悍、雄奇、刚健和悲壮，这属于青壮年自由发展遭遇挫折后的本能反应，也无可厚非。问题是粗犷、强悍不可能是人生常态，因而孙守涛的诗歌也有对亲眷和家人的诗意抒发。诗集中草原诗歌占了很大的比例，也算作者倾力之作。诗人写草原有一点与众不同：由于他祖父的弟弟妹妹四人因讨生活终老于呼伦贝尔，所以在他看来自己与草原有亲缘关系，写草原更多是写草原亲情与对心灵的冲撞。《呼伦湖》中这样写道：

如果没有母亲般的呼伦贝尔
召纳筚路蓝缕的北上流民
你们将何处栖身。人世薄凉,唯有血热
而今,来自同一个源头的血脉
来自同一个方向的身影
远离家乡的方言、祖坟和饥馑
呼伦贝尔,生命的坐标
一半是故乡,一半是异客

诗歌《和塞外的风一起扑向草原》则写出对草原的亲人般的深情:

和塞外的风一起扑向草原
那些心目中的草,梦中的牛羊
打马驶过草原似曾相识的人
是我异族的兄弟

他们与牧场寸步不离
地老天荒,和与生俱来的牧歌相守
在草原深处安放爱情和马头琴
用古老的马背驮着日月星辰
驮着一辈子的幸福和愁闷

> 一只小马驹迎着爱的呼唤
> 奔向草原深处的马群
> 形只影单的我,拽住风的衣襟
> 提前喊了一声母亲

诗集中那首《在呼伦贝尔,梦祭四爷》也很特别,叔祖四爷因为逃荒到内蒙古,诗人半个世纪后才与其后人相见,这首诗就是写这段历史的:

> 打了一辈子铁的四爷
> 最后把自己打成一抔土
> 四爷坟前,我小心地说:四爷,我看你来了
> 那一刻,草原上所有的风都停了下来
> 只有铿锵的铁锤声,从大地升起,震得我心疼
> 一块铁从我喉咙滑落,一直掉进胸腔

孙守涛早期有一首很知名的诗歌,名曰《母亲,我不认识你》,这部诗集中写父亲也足以让人落泪:

> 当你来到了一个不属于你的城市
> 就像庄稼离开高天厚土
> 身居高楼,从此不再脚踏实地

坐便成了如厕格格不入的心病
格格不入的还有日渐衰弱的身体
失禁的小便浇湿了你的后半生
你不情愿地走向了更高的地方
那里，人们叫天堂

生命之衰老有着另外的诗意美，诗人将之很精确地呈现出来。孙守涛还有一首奇特的诗，名曰《安东》，其实写的是自己融入安东，以及让自己融入安东的人——岳母。那时候，孙守涛是"臭老九"，是岳母一句话使之成为安东人：

感谢安东接纳了我
就像感谢岳母通过了对姑爷的面试
"这孩子耳垂大，将来有福！"
岳母一锤定音
我成了安东的女婿
这是我一生最美的遇见

只是岳母虽然念着安东的好，却生活在贫困中：

安东改名多少年
依旧还是安东的样子

岳母依旧安东长安东短回首往事
依旧住在三谊街棚户区
早晨上公厕排队

不过，我也有些迟疑，这样的诗歌到底属不属于新边塞诗。金昌绪的《春怨》"打起黄莺儿，莫教枝上啼。啼时惊妾梦，不得到辽西"是边塞诗，那么这样的诗歌也可以列为新边塞诗。说到底，诗歌是语言艺术，诗人孙守涛凭借丰富的想象力和传神的语言魅力，将这种诗意的人伦美表达得淋漓尽致。

东部新边塞诗，由一个人来建构，而且花费了大半生的美好时光，确实有些悲壮！面对如此难事，聪明人早已逃之夭夭，站出来的一定是丈夫，是胆识才智皆过人的伟丈夫，诗人孙守涛就是这样的伟丈夫。最后，我想用诗人的一段诗句结束这篇序言："你们怀揣旅途和远方/背负关内外山河、日月星辰和苦难，一路向北/我的思念是一道风景，总在生命长河追随/天高地远，流年有声"。

2019年7月28日于丹东市档案馆404室

目 录

第一辑 边 地

边地 / 002

边境 / 003

边城 / 005

边界 / 007

界河 / 008

在爱河畔约你 / 010

金达莱 / 012

等待 / 013

清明,祭扫五龙背志愿军无名烈士墓 / 015

志愿军高炮阵地遗址 / 017

鸭绿江断桥 / 018

爱河畔银杏老树 / 019

安东 / 021

河口 / 023

四月桃花 / 025

第二辑 长 城

邦山台 / 028

虎山 / 030

老边墙村是不动的江山 / 032

辽东边墙内外 / 033

老边墙村 / 035

从老边墙出发 / 037

长城脚下一棵老栎树 / 038

春天走过江沿台堡 / 039

北土城子 / 041

三月，必有一场大风 / 043

大奠堡一块明朝的砖 / 044

啊，箭扣长城…… / 046

箭扣长城上的彩虹 / 048

箭扣长城的春天 / 050

黎明，在镇北楼 / 052

从长城里喊出自己 / 053

凝霜，渐渐飞上眼睛 / 055

高高的烽火台 / 056

列车上遥望得胜堡 / 057

第三辑 关外的风

霞光中的大鹿岛 / 060

邓世昌墓前 / 061

海滩上空的鸟 / 063

鸟儿的叫声渐渐寒冷 / 064

海风吹来 / 065

这个秋天 / 066

这些飘过秋天的芦荻 / 067

老船 / 068

红海滩殇 / 069

关外，一场大雪停了下来 / 070

关外的风 / 071

辽 / 072

西拉木伦河谷的风 / 074

一匹马在河谷咀嚼时光 / 075

璞玉 / 076

哈达碑的夜 / 077

岫玉 / 078

一枚蒙古文驿站大印 / 079

暮春，车过辽中 / 081

车过叶柏寿 / 082

赫图阿拉，一辆马车 / 083

东陵 / 084

蒙古族老汉 / 086

山海关 / 087

一脚关里，一脚关外 / 088

老龙头 / 089

孟姜女庙 / 090

北京站 / 091

紫禁城 / 092

远方的广济寺 / 093

谒耶律楚材雕像 / 095

笔架山 / 097

长白山大峡谷 / 098

长白山顶的杜鹃 / 099

你是谁心中长久的等待 / 100

山上的那些野花 / 101

一些人,一些事 / 102

一枚落叶覆盖了秋天 / 103

醉美红叶,景中有你 / 104

红叶燃烧秋天 / 105

满山枫红 / 107

有一些云霞 / 108

独行的秋叶 / 110

秋天的小溪和红叶 / 111

荷花五题 / 112

春天的乌骨城 / 118

渴望 / 120

轻轻地击打石头 / 121

抚摸乌骨城 / 122

雾漫乌骨城 / 123

雪落乌骨城 / 124

乌骨城里的布纹瓦 / 125

乌骨城,无尽的大雪 / 126

天问 / 127

烽火台 / 128

乌骨城墙上的丁香花 / 130

一个叫边门的地方 / 131

在一堵城墙下面 / 132

乌骨城的蚕场 / 133

雨水 / 135

隐退 / 136

三分薄田 / 137

在你额头印上一朵玫瑰 / 138

第四辑　草　原

呼伦湖 / 140

八月的风 / 142

从海拉尔出发 / 144

在呼伦贝尔,梦祭四爷 / 145

扎赉诺尔车站 / 147

呼伦贝尔:东边太阳,西边雨 / 148

呼伦贝尔草原 / 149

呼伦贝尔,那一片油菜花 / 150

去满洲里,想起了海子 / 151

在呼伦贝尔 / 152

在草原,遇上一群蜜蜂 / 153

大雁镇 / 154

告别大雁镇 / 155

明天去贡格尔草原 / 156

和塞外的风一起扑向草原 / 158

科尔沁草原的马头琴 / 159

砧子山抒怀 / 160

一棵小草支撑起秋天 / 162

蒙古高原的向日葵 / 163

那白色的蒙古包 / 164

额吉 / 165

跑半个中国去睡你 / 166

一声蒙古长调 / 168

成吉思汗陵 / 169

伊金霍洛 / 171

胡天八月 / 172

昭君出塞 / 173

王昭君墓 / 174

在乌兰布统喝闷倒驴 / 175

一个人的苍茫 / 176

草原素描 / 177

乌兰布统 / 178

塞外，牧羊的母亲 / 180

坝上五彩山 / 181

白桦林，你的等待已久 / 182

塞外的风带我到将军泡子 / 183

将军泡子古战场 / 185

乌兰布统影视基地纪游 / 187

第五辑　西　域

巴丹吉林的曙光 / 190

飞机上俯瞰天山 / 191

南山牧场 / 192

打马驰过草原 / 193

红柳 / 194

托克逊：骆驼刺的天空 / 196

高昌古城 / 197

吐鲁番 / 198

罗布人村寨 / 199

塔里木的十月 / 200

胡杨 / 201

一辆马车驶出达坂城 / 203

漠风把岁月吹成骨头 / 204

如果戈壁滩沉寂下来 / 205

西域大道 / 206

英吉沙小刀 / 207

香妃墓 / 208

与香妃合影 / 210

戈壁滩上的盐爪爪 / 211

第六辑 故　乡

大野之上 / 214

秋分 / 216

母亲坟头的蒿草 / 217

柿子树 / 219

家乡的郁李子 / 220

老井 / 221

孙家峪 / 223

邻居 / 224

送父亲回家 / 225

清明,给父亲捎个信 / 226

开采 / 228

第七辑 太行吕梁行

窑科村 / 230

独守窑洞 / 232

在黄土高原落草 / 234

春风吹低了黄土高原 / 235

壶口瀑布 / 236

壶口,纵身一跳 / 238

黄河岸边唱信天游的汉子 / 239

折一枝花与诗句一并寄出 / 241

北山是桃,南山是杏 / 243

守身如玉的桃花 / 244

杏花始开的小山村 / 246

大风一吹 / 247

山花被朝露一一打开 / 248

一个人在太行大峡谷行走 / 250

高度 / 252

我必须告别东北来见你 / 254

马鞍垴 / 256

风的雕像 / 258

石板岩乡 / 260

时光的碎片 / 261

一个诗人挑着担子在太行山行走 / 262

第八辑 诗意西南

雪山 / 266

雪山下的草甸 / 268

旋转的岁月 / 269

青稞,青稞…… / 270

九寨 / 272

树正寨 / 273

心中的海子 / 274

仰视 / 275

朝天门码头 / 277

棒棒 / 279

棒棒,你是我的亲兄弟 / 280

去杜甫草堂和诗圣对话 / 281

夜入秭归 / 282

我认定你是王昭君的妹妹 / 283

在彩云之南 / 284

玉龙雪山 / 286

走进玉龙雪山 / 288

云杉坪 / 289

寻一首诗中的三角梅 / 291

九曲溪 / 294

撑筏人 / 296

晒布岩遐思 / 297

香港,我在寻找谁 / 298

湾仔跑马地 / 300

梦回海南 / 301

天涯海角 / 304

大东海 / 306

亚龙湾 / 307

夜宿三亚 / 308

南海岸边 / 309

第九辑　风雨异邦

符拉迪沃斯托克烈士墙前 / 312

风雨符拉迪沃斯托克 / 314

风吹列宁 / 316

汉江岸边 / 318

异国的雪 / 320

今日兀立异国街头 / 321

后　记 / 322

第一辑

边地

蒹葭苍苍,白露为霜
荻花盛放的边地,秋深似海

边　地

蒹葭苍苍，白露为霜
荻花盛放的边地，秋深似海，万物遁入洪荒
只有坦诚和空旷。偌大的荻花野生地
是我的疆土，我是边地一呼百诺的王

今日无风。闭上眼，在水边想你
然后化为一叶无帆的舟，横在渡口
等你从中原乘风而来，端坐船头，随波荡漾
或驶进岁月深处，或沉入彼此心中

我就是你的边地，你可以任意徜徉。反正只有
两个人，芦荻掩饰，可以交颈，可以抚爱，亦可翻江
倒海。感谢大地让爱如此绵软和颤抖。一切极致的爱
都和江山有关。怀草木之心，播爱的种子，来年破土的绿
那是我们的子孙。你助我扩疆拓土，我保你鲜花盛开

边 境

选一个顺风的日子
远离京畿、雾霾、贪腐高发的秋天
穿州过府,出关东行,乘高铁一路杀伐
穿越辽东十座隧道,如入无人之境
到马訾水,唐朝以降叫鸭绿江的边境
观异国风情,反省一生浪得虚名

这里,天比真实的蓝,蓝得有些夸张
水比真实的绿,绿得有些过分
口音比海蛎子味重,太阳比祖国升起得早
江河湖海,桥联友邦
一些人从桥上跨进战争,再也没有回来
战争的隐疾,是边境的病痛
一条界河,楚河汉界
那边是阿里郎金达莱的天下
白日风和日丽,两岸鲜花相向而开

我在边境等你,一直等
青山不老,江水不枯,初心不变
白天翘首以待,夜晚悄然化作一枚清月
为两岸送去明亮的问候

边　城

如果南风不停
鸭绿江将一直丈量两岸的春天
右岸的边城,是她春天诞生的孩子

江岸花,顺风而开
我沿江溯流而上,走进前朝旧梦
把自己还原成葛麻布衣的古人
把边城还原成沙河子
把大沙河还原成云集的木排
把木排还原成长白山森林

我听到鸭绿江在体内哗哗的声音
千古兴亡的旧事如木排翻卷
——被我调遣,写下泣血的诗行
边城,在这时光的码头
一方古老,山河即是故国
这里有诗有远方

我将不离不弃,守一座城终老

风起,风落

便是经年……

边 界

一个太阳,两个天地
一只鸟儿,在这边听到是映山红、桔梗、母亲
到那边要听懂金达莱、道拉吉、阿妈妮

国有界,爱无疆
风吹过去是温馨,刮回来是漠然
文武百官到此必须下马,千军万马须戛然止步
只有关外的风过去了,春鸟过去了
爱的目光过去了
身为凡人,只会被自己的身影
钉在原地不动

晨光,扫落边外的星辰
旭日,把鸟鸣镀上金色
此时,一行雁阵唤醒一轮红日,从异国升起
仰望中,谁扇动阳光的翅膀
飞往中原的故乡

界 河

江水进入春潮季
如果你来看我,就一起看界河的春天
弃车而行,沿季节的方向爬向江岸高处
路旁的映山红你不来花不开
风吹来,一路绯红
花朵和你发出朗朗的笑声

如果屹立山崖
壮志豪情就有了起飞的高度
深渊之下,界河如练。一江碧水挟持
两岸青山而去,如果有木排顺流而下
对峙的青山,就成为永远相望不相近的风景

界河,没有主航道之分,船可在水面任意航行
一声鸡鸣,可以唤醒两国炊烟
偶遇阿爸吉、阿妈妮,可互道问候
如今的界河成为一道风景

游人如织，游船如梭
一江澄澈足够洗净尘世浮华

靺鞨人走了，高句丽人走了
如果你也要走，我不留你
在这里，我独拥一江绿水
观潮起潮落，静守天涯
不谈风月，不言孤独

在爱河畔约你

在爱河畔约你
河水因为等待慢下来
花含苞不放
鱼沉入水底不游
河堤路上两双脚,深深浅浅
脚印有时是逗号,有时是感叹号
一前一后正好合上爱的节拍

春风来袭,两棵树相向而立
慢下来,不再动摇
像对偶句,互为左右,严谨工整
彼此抚摸心灵最柔弱的部分

一条河是唱不完的歌
绿色的水丰盈饱满
几乎溢上春天的堤岸
今天的心达到高潮

所幸错过怀春时节

不会坠入爱河

＊爱河，原名瑷河，发源于丹东境内最大的水系，全长180多公里，在丹东九连城汇入鸭绿江。

金达莱

你的到来,提前了金达莱的开放
没有任何一种花
敢如此大胆,喊来一衣带水的界河
歃血为盟,斩获春天

草长莺飞,可以风为马
扇动爱的翅膀抵达对岸
金达莱绽放在季节之上
蜜蜂跃马扬鞭,到江中汲水

云抱青山,草荒山径
不辜负边地的壮丽山河
不错过金达莱的花期
今夜的一轮清月
注定是为等你

等　待

天之涯。边陲小站
心中的红绿灯，亮了又灭
小站，是祖国的远方，我是你的远方

铁轨的一端，连接六十年前半岛的一场战争
血与火染红这里的河山，所以鸟鸣是红的
马放南山嚼的草是红的，火车驶过大桥时歌声也是红的：
"车过鸭绿江，好像飞一样
祖国，我回来了；祖国，我的亲娘"

百年银杏绿了又黄，一年四季就这样等你
山川等待岁月，日子等待春风，记忆在等你
出征时的脚印在等你，房东的孩子在等你
边防阵地的菊花在等你，还有四千长眠于此的战友
在等你。他们把自己放到离家很远的地方
在这江湖之远，想家的路比江湖更长

边地诗

你来或者不来,铁轨都承载岁月之重
两条闪烁金属之光的臂膊抱紧祖国,把爱扎根大地
最远的距离,不是天南地北千山万水
而是你不知道,一方热土在等你

＊丹东市位于中朝界河鸭绿江畔,抗美援朝时期是中国人民志愿军大后方的最前沿,大批兵员和战争物资从这里运到朝鲜前线,全市人民承受着美国飞机轰炸等灾难,全力支援抗美援朝,是一座和一场战争连在一起的城市。这座城市被誉为"英雄的城市",这里的人民等待那些昔日的英雄莅临,回来看看战争的印记,共忆血与火的岁月,弘扬中国人民不怕牺牲、顽强奋斗的精神。

清明，祭扫五龙背志愿军无名烈士墓

天气阴晦，天欲雨未下
燕子正陪伴杏花赶在路上
我登上一级级石阶，回眸便是半个世纪
289个无名烈士，倔强孤独的墓
一丘丘琥珀封存悲壮流年

墓地，风绿了又黄，花开了又败
回忆如墓。质感无法从血色中淡出
炮火中倒下的身躯，依旧威武不屈玉树临风
在地下正修筑防线，待命发起新的进攻

不要立即回答孩子，他们叫什么名，家在何处
有飞雨，也不必揉眼睛
他们的名字，就是大地的颜色，是红旗猎猎之声
是我们厚重的日子，也是旭日盛开的希望
每一寸土都是他们的故乡，每个心灵最深处都是他们的家

这么多年,他们都在等待有人来接
就像我们等待接他们入驻我们的生命
此刻,可以擦一下眼角
扬手,就是晴天;挥手,就是江山
身后的国旗比太阳升起得更早
心中,大雨滂沱

* 五龙背烈士陵园位于丹东市郊区,埋葬着289名志愿军烈士,大多是抗美援朝战场转移到该地志愿军医院救治无效牺牲的重伤员。

志愿军高炮阵地遗址

时光掩埋得太久了
那些蒿草土石,还有持久的太平
把高炮阵地的硝烟脚印
还有战士的呼吸,埋得太深
是谁在高处盛开,红色流淌下来
蜜蜂从当年飞机的方向飞来
带来远方的讯息
我将逝去的回忆一一点数
吹响一支军号
号声一半落在群山
一半飘向江水
一半雄壮
一半悲哀

鸭绿江断桥

童年,你在小学课本上
青年,我来到你身旁
五十年,守着一条江
也守着你

踏上你的身躯,就走进一场战争
硝烟和炮声,血与火,正义和邪恶,霸权和抗争
你是钢铁,是力量,是意志,是尊严
也是灵魂、血与肉

你是断臂的战士
没有站立,只有卧姿
你以残缺的存在
在人间高耸一座
插入云霄的丰碑

爱河畔银杏老树

岁月破落
你以王者之尊
雄踞辽东大地五百年
青山矮了又矮
时光于身后躲了又躲
你荫庇大地的影子越来越长
五百年后,我是你的臣民
向你致敬

倒退五百年
拓边人自中原来
爱河畔种植思乡树
你扎根立志,把命押在荒山
以山为家,以河为邻,以孤苦为伴
肩挑白云,头顶清风
把沧桑植入年轮
把钢铁之根越扎越牢

身影轻薄的人陆续被风吹走
唯有你固守一方清寒

学做一棵树
把思想和生命植入大地
人生自一粒种子始
与时光对峙，出没阡陌
点燃阳光，躬身稼穑
有丰有歉
有悲有喜

安　东

安东是丹东的旧称
我喜欢这个名字
就像喜欢那些沿江破败的棚户区
就像喜欢棚户区低矮简陋的民房
就像喜欢民房内我的新娘

感谢安东接纳了我
就像感谢岳母通过了对姑爷的面试
"这孩子耳垂大，将来有福！"
岳母一锤定音
我成了安东的女婿
这是我一生最美的遇见

安东改名多少年
依旧还是安东的样子
岳母依旧安东长安东短回首往事
依旧住在三谊街棚户区

早晨上公厕排队

挑水到公用水龙头排队

下雨天房门进水

下雪天破门帘漏风

吃喝拉撒难题

依旧一个接一个排队

清明节到花园公墓扫墓

山上一座座排队的坟墓

比棚户区安逸多了

给她老人家磕个头,念叨一下:

妈,给你送钱来了!

你在天堂不必为钱犯愁

现在的日子好多了

回来的路上不由得想起

她老人家去世时

枕头底下的全部积蓄——三十六元

她的姑爷在出殡车上

沿路抛向——

安东

河 口

鸭绿江也停了下来
一个母亲喊了一声桃花
万千的桃花
便应声而开

在这里
春天触手可及
一枚花瓣温暖了春风
一朵桃花使人走运

别作声
万亩桃园正悄悄受孕
一江春水用爱把自己淹没
河口心跳加速

*河口,是辽宁省宽甸满族自治县的一个村,位于鸭绿江边,有铁桥通往朝鲜。现在,鸭绿江中国一侧河口村的山上开辟了万亩桃花园,五一节前后桃花盛开,蔚为壮观,是歌曲《在那桃花盛开的地方》词作者体验生活、激发灵感的地方。

四月桃花

唐朝还在

爱还在

遥远的都城南庄桃花

依旧在笑春风

崔护和绛娘有情人终成眷属

使我怅恨三日,生不逢时

你不一定知道

时值四月。我知道

功名利禄,能开的都已开尽

剩下的只有山寺桃花了

花瓣带雨

携微风游移于红尘内外

边地空谷,阒无一人

纵我鲜车怒马

献上百首桃花诗

桃花

仍处变不惊

第二辑

长城

王朝替嬗,
老边墙村是不动的江山

邦山台

我踏进邦山台时
影子还在巡哨的路上
我仰望云天
双臂展翅早已加入南去的雁行

一夜无战事
那些扰边的女真人暂且退隐山林
万里边墙把大明江山的梦揽入怀中
我把家书放进箭囊
刀剑霜刃也闪烁温柔的光

邦山台,边墙东端第一台
台下的荒芜,高不及三尺
尚未埋没七尺男儿的壮烈胸怀
此刻,旭日用黄金把邦山台填满
我不取半两
我只要红日背面娇妻的脸庞

＊邦山台，位于辽宁省宽甸满族自治县虎山东面，是明长城最东端第一个敌台，即御敌堡垒，可住士兵七至八人。

虎 山

辽东边地遇到十月
是群山静默的原因
有人望风而逃,有人弯腰嗟叹
只有虎山用挺直的身影
把一道边墙紧紧抱在胸前

那些守边的戍卒
从一个季节走向另一个季节
从一个昼夜走向另一个昼夜
从青春走向龙钟
空心敌楼上已找不到一枚沉睡的箭镞
马面城墙下也找不到女真人的尸骨

虎山久负国运之重,用守望
驮载蜿蜒长城,一段明王朝遗梦
头枕鸭绿江,西向嘉峪关走去
风像一个智者,不断翻阅史册

读刀光剑影,沙场点秋兵

读一只狼立于山顶

在大雪到来之前

用最后一滴血

染尽虎山的红枫

* 虎山,位于辽宁省丹东鸭绿江边,是明长城的东起点。

老边墙村是不动的江山

三月。云雀每叫一声,辽东的春色就增一分
鸟声就是季节。青春云雀,三声鸣叫,老边墙村
就匆匆盛开在杜鹃染红的山坳

日子从小溪流走。老边墙叶落归根,混迹大地
成为大地的骨头。那些不翼而飞的砖石纷纷投胎脚下村落
带边墙胎记的新生儿,次第降落在春夏秋冬

王朝替嬗,老边墙村是不动的江山。三军散尽
数十间房屋连片,就是铁打的营盘。稍有缝隙
透过月光风声和外来信息。炊烟拥挤,像村童扭扯
一起,然后往事样悄然离去

还有什么爱,能战胜坚守。边墙,只是一种历史符号
自古多征战的辽东,边墙消弭,铸剑为犁。五百年前将士
值守疆界的墙下,一棵老栎树至今未娶。它用挺拔的爱
守护边墙记忆,用影子呵护三五麻雀捡拾明朝的光阴

辽东边墙内外

五月。古楼子梨花凋谢
河口桃花在阳坡盛开
墙内墙外，阴阳之界
一半时光散落，旧梦薄凉
一半阳光浩荡，带着香气

十月。枫叶红了
秋风伴我行。赴汤蹈火
一米阳光，足以点燃边墙外故国山河
点燃蒲石河三道湾的山坡
点燃一个人一生的壮烈

十二月。鸭绿江绿水依然
爱河蒲石河安平河，支流被朔风
打磨得冰面如镜
携刀的风把日子追赶到穷途末路
边墙下衰草式微。呻吟

边墙,有你在
岁月虽远,辽东犹在
心中的江山方能安放边塞诗
陌上花开
十里花香

＊边墙,即长城。明朝边墙自东端起点——辽宁丹东鸭绿江畔的虎山,至辽西绥中与山海关至嘉峪关的长城相接。

老边墙村

踩着苍老的长城,高不盈尺的断墙
谁踩疼了风中陷落的历史
晨光扫落边外星辰,旭日将鸡鸣镀上金色
长城的阴影,正好安放一个朝代的幽梦
隐匿的长城,成为大地的骨头

山雀呼唤三月的名字
山顶,一只羊喊出春天的高度和山坡萌动
风吹老边墙,也细点数炊烟的升降
关内的移民,曾用想家的笛声
把关外的大雪吹落下来
边墙的裂痕是吹不断的疼
村民心中,一道破败的长城春天般坚挺

我们的队伍迤逦前行,春天一路安排怀想
长城一点点矮下去,白云越来越高,蓝天越来越低

* 老边墙村是辽宁宽甸满族自治县虎山镇的一个行政村,因边墙(长城)而得名。

从老边墙出发

从虎山镇老边墙村出发
踏着明长城的遗迹，沿着历史前进的方向
我们志存高远，打着春天的旗帜
走进蓝天，走进白云
渐渐走出明朝的那些往事
辽东的大山，寥廓安静，足够你孤独

春风渐劲。回首铁打的营盘
那些春露沾衣的将士，斟一杯明朝的月光
整个边墙都曾摇动。边关将士鼓角渐息
马蹄声疾，后金势不可当，戍边将士早已魂归故里
只有我们定格在二十一世纪春天的某一日
青山在，白云移

长城脚下一棵老栎树

万木萧疏，落叶缤纷

朔风一夜至辽东

却无法刺穿你披挂满身的黄金甲

旧日沙场，你始终盘马弯弓而不发

阳光来了，又走了

带走你的影子，却带不走你的魂灵

沐风栉雨，大雪压顶，你始终挺立时光的前头

你是长城的手，召唤一个季节

等待惊蛰一声雷鸣

唤醒江山的心跳，你开始衣袂飞扬

春天走过江沿台堡

爱河汤汤
群山苍苍
在河之阴,春天匆匆赶来
轻轻唤醒江沿台堡
像用手敲击一根死亡的骨头

石砌残垣,瓮城、马面、阳光
流水和忠勇垒砌的旧时光
砾石掩埋大明王朝二次拓边的梦境
风,吹灭流水藏匿的月色
四百七十年,被春风翻过旧书的一页

望一眼边塞阴晴圆缺的月亮
猎猎红旗,兵车旋转的岁月
英雄、征战、成功与败北,创伤和荣耀
就会慢下来
台堡上我们站立的身影,感喟和顿悟

边地诗

身旁的浮世繁华,也将慢下来
时光,是沙漏流淌的血
总会把青春流年掏空

人间四月天,只有过去未来
你可以忽略左边河水的名字
也可以忽略右首青山的矮
热血奋斗梦想,是热土永恒的春天
一条路从此出发
与河水平行
叫爱

*江沿台堡(石城堡)遗址在丹东市楼房镇爱河边,是辽东边墙(长城)一带的驻军防御设施之一。

北土城子

落日沉入土城前
为城堡留下最后一方温暖
梨花越开越白,风声越来越紧,日子渐渐矮下去
土城的阴影,夕阳吹动岁月的暗香
历史与现实保持一种默契,相安无事

那些明朝戍卒渐次隐入蒲石河
不必回望,无边落木,江河不废
日渐消瘦的土城将融入大地
历史就是这样,喧嚣过后就是一方寂静
古人看守的江山,仍在我们手中

冷兵器寒光遮不住袅袅炊烟
马放南山,刀枪锈蚀,城墙草木荒芜
牲口爬上城头,一只羊把夕阳啃得鲜血淋漓
几只土鹅摇摇摆摆,像凯旋将军
从四月走进梨花飘香的春天

* 北土城子位于辽宁省宽甸满族自治县杨木川镇蒲石河畔，是明代屯兵城堡。

三月，必有一场大风

三月，必有一场大风
大风，席卷辽东，包围险山堡
待我们乘风进入明朝，大风已把古堡吹得摇摇晃晃
人影憧憧，似有兵马移动。女真人善以风为马
常于月黑风高夜偷袭。将士们把城堡筑得高了又高
夯得牢了又牢，以爱河为弓，以风为箭
盘马弯弓，等了又等

天，蓝得可怕，一汪水就要倾倒下来
江山易帜，一个王朝到这里走到了尽头
背倚长城，据爱河之险的险山堡
扼守一方大明江山，依旧稳固
把自己生存成一种方式，生存得没了时间和界限
昔日沙场，宁静大地上，如今成为一种不倒的象征
与岁月休战，把时光的落寞长成一棵树
大风吹来，吹成一面旗，呼啦啦高举城头

*险山堡位于辽宁省凤城市东汤镇，是明代屯兵城堡。

大奠堡一块明朝的砖

你醒了睡，睡了醒
就这样蛰伏于四百年梦里，与时光对峙
睡去，就回到万历年间
在这辽东以东，边墙以外
大奠堡，插入女真部咽喉的
一把刀，见血封喉
日光月影始终寒光闪闪
醒来，透过草木深深，洞察时代更迭
草莽英雄或声名鹊起，或功败垂成

你命大，你还活着
一袭绿苔生锈的战袍，依旧裹着棱角分明的身躯
阳光下依旧闪烁明朝的体温与呼吸
风吹来，依旧发出铮铮铁骨的呐喊
你在，江山就在；你在，春天就来
任时光老去，江河不废
你是我前世的兄弟

你永远年青

明朝是回不去了
莫如你我策马投奔春天,一路相互抱暖
入我心者,待以手足。良禽择木而栖
微斯人,吾谁与归?

＊大奠堡位于辽宁省宽甸满族自治县,初建于杨木川乡北土城子村,后移至坦奠(甸)。

啊，箭扣长城……

注定有长城情结
梦境都蜿蜒起伏
梦醒处，阳光轻抚明朝的砖石

穿越了六百年
京师之北——怀柔
雁栖镇西栅子村
攀爬将军守关，至天梯鹰飞倒仰
晨风和长城坚硬如铁
我和长城横陈于燕山之巅
脊梁寒光闪烁
头发和细草发出金属的锐响
信念、意志和历史，霞光四射
心中豪迈，壮怀激烈
一起在风中长啸，峡谷震荡

风轻云重，大块大块的阴云

像胡人马队袭来

风,把一棵树的颤抖传给下一棵

冷眼望去,长城已似弓拉满

满弓扣箭

我在弦上

*"天梯""鹰飞倒仰"是箭扣长城最险峻地段。

箭扣长城上的彩虹

烟雨中
自箭扣底部攀登
脚下绝壁千仞,危崖耸峙
阵风擦边过后
我就是驾驭风雨的大鸟
怀揣大志,梭巡天下

彩虹兀立
一道民族思考的闪电
使长城不断陷入春色
岁月静好,山河大美
立于敌楼之上
我就是手揽江山的将军守关
脚踏七彩长虹,昂首走进明朝
彩虹那端,那些明朝官兵
也想回家乡看看
屋檐之下,燕子带来几许春色

＊"擦边过"，箭扣长城地段名称，悬崖之上仅容一人侧身通过，是箭扣长城最危险地段之一。"将军守关"，箭扣长城地段名称，有敌楼一处。

箭扣长城的春天

沉睡的城墙
沉睡的砖
被一只布谷——唤醒
唤醒的还有西大墙的桃花
骚动的树枝伸出墙外
花瓣微微红了
朝阳是另一朵，变软变轻

山花烂漫，春天圆满
饱满的风是和平的信使
那只剽悍的鹰回家去了
长城这道历史的伤疤
鲜血滴尽，露出铮铮铁骨
不屈的脊梁闪烁黑色的血性
任风雨雕刻，此去经年
日夜托举桃花的梦境

*"西大墙",箭扣长城西部一段的名称,年深日久,这里的长城上长满了桃树。

黎明,在镇北楼

燕山苍茫。青山依旧在
长城飞越了几百年,成为一个民族
不屈的灵魂。我的敬畏
如悬崖壁立

月朗星稀,有人啸聚山林
而我独上西楼
细点数塞下秋风
几度唤醒旭日

身旁的月牙
独眼微闭,向谁拷问
若大兵压境,寒潮袭
能否用血肉之躯把新的长城筑起

从长城里喊出自己

龙一般飞旋

你灵魂的高度

在万仞之上

绵延万里的不仅是历史

块块砖石排成一列横队

在民族的心上构筑不倒的铜墙铁壁

构筑世界的仰望

你把尘沙挡在塞外

把春风种在关里

让春风吹拂春风

让鲜花开放鲜花

让青草不受铁蹄踩躏

你让尊严活在尊严的心上

你让热血的人走进长城

让有骨头的人在你脚下呼唤

从钢铁里喊出钢铁

从长城里喊出自己

凝霜,渐渐飞上眼睛

当我们静下来时
同时感到了风的温度
你说,关外的风
真硬

风把我们的头发吹散
把一部分白色思绪吹向空中
城墙上的那些草
也倒向同一个方向
一副不堪重负的样子
其后,就是长城背后
那些淡如轻烟的往事

谁能把灼热的真情留住
谁能在柔弱的心田挺直不倒
与一茎枯草的对视中
凝霜渐渐飞上我们的眼睛

高高的烽火台

高高的砖石
依然保持明朝的瞭望姿势
日渐瘦削的血肉
依然保持三月的体温
战马嘶鸣烟熏火燎的记忆
于坚硬的内心深藏不露

一只苍鹰滑过
化为大山乍暖还寒的影子
按照约定,有寒风来袭
必定垂直升起狼烟
一位隔世老人
倏然竖起白发
面朝塞外,心向故国

列车上遥望得胜堡

万里长城
到这里瘦得只剩下几截断骨
塞下秋风
吹薄了狼烟
吹瘦了灰头土脸的烽火台
吹远了晋北得胜堡外胡人的天

以行进的方式阅读边塞
历史就有了方向
在行进中回首往事
生命就有了速度和动感

得胜堡
我驾驭一匹铁马蹄下生风
点数你昔日的辉煌与灿烂
与你擦肩而过时

车上的人大喊

已进内蒙古了

* 得胜堡,位于山西大同北 45 公里与内蒙古交界处,是明朝修建的一处防胡人的关隘,战时为边关军事重镇,和时为重要边贸集市。

第三辑 关外的风

关外的风 硬

关外的风 能吹断历史的骨头

霞光中的大鹿岛

大鹿岛,海风轻盈
海鸥翻翔,口吐莲花
一湾海水浅吟低唱
恰逢初夏,浪花盛开
满海滩是匆匆赶海的人
我们在晨光中走散

海边礁石
被——重新排序
灯塔,一抹霞光
鲜嫩,像船家女腮边的绯红
微微醉了

海滩,一排排海浪
像苦难和幸福相逢
往前再走几步
海岛在霞光中
我们在梦中

邓世昌墓前

每天
你第一个迎接日出,又目送夕阳归去
于大鹿岛最高处检阅似水流年,巡视风云变幻
尘世的高处,一丘墓穴就是一座孤岛
高耸的墓碑是引航的灯塔。你的身躯是
有血性有温度的大旗。你远离故国一百二十年
孤独,江山一样悲壮

国在脚下,家在远方
日出,是江山;日落,也是江山
海岛悬崖峭壁,陡立你英雄本色
大海血色,历史画卷徐徐展开
不远处,炮火曾燃烧烈日,龙旗焚尽
誓与致远舰共存亡,一步也不能退
身后就是祖国

而今,甲午耻,犹未雪。心潮澎湃

你,一个人的静默,就是整个民族的思考
山下,正惊涛拍岸,卷起千堆雪
大海的波涛,涌上来,是人生;退回去,也是人生

我们的民族
正排山倒海前赴后继
一浪高过一浪冲击着旧世界
每条船,都是致远舰
每一道海浪,都是坚不可摧的铜墙铁壁
霸权未除,倭寇辈出
江山怎敢老去

﹡甲午海战英烈邓世昌的遗骨埋葬在甲午海战海面附近的辽宁省丹东大鹿岛高处。

海滩上空的鸟

百万海鸟
翅膀和鸣叫声编织的云
足以击落天空的蓝
掉进大海

这些穿洋过海的鸟儿
变幻爱的阵形,使浅滩风云乍起
先于度过关山的胡马
叫声盖过马嘶和波涛雷鸣

荒芜海滩之上
渐失领地的鸟儿,一首眷恋大地的诗
爱与痛在天空挣扎
忽高忽低

鸟儿的叫声渐渐寒冷

大海退去,滩涂露出黑色的肥沃
鸟儿开始云霞般密集。远远地张望

他们用影子和影子互相取暖,用叫声与叫声互相抚慰
养殖场的大堤不断扩张,鸟儿的飞翔画地为牢

我的眼睛有些迷蒙。手不停地抖动海风
暮色是微凉的忧伤,鸟儿的叫声渐渐寒冷

海风吹来

海风吹来
把一些赶海的人吹远
心存希望的人弯腰将肥沃的海滩划破
海鸟翻飞说出久藏心底的疼痛

海堤的芦荻
竭力将倾斜的身子站直
用最轻的分量纠正风的偏差
满头白发是季节的高度

这个秋天

这个秋天
你知道,风有多大
无垠的湿地
风把大海吹出很远
只留下我和若即若离的影子

这个秋天
你知道,风有多大
驼背的芦苇一律倒向广袤的晚年
大风,把白花花的苇絮
吹向我孤寂的心头,堆满头顶
一行脚印
何时抵达积重难返的残阳

这些飘过秋天的芦荻

这些飘过秋天的芦荻
站在季节的高处
眺望什么
只经历了两场风雨一次秋霜
便将变白的叹息
传向远方

长天秋水
苍茫的天空下
一根根芦荻挪动岁月
用最轻的分量纠正风的偏差
白发下
泪流满面

老　船

大海把它送上岸后，并没有退后多远
离殇。一拨一拨的海浪把一簇簇白花
抛向岸边

老船离群索居
一段高过海平面的传奇定格在惊涛骇浪
海风吹来，仍能听到肋骨发出的呐喊
阳光下，老船的汗水和泪水
闪烁白花花的盐

红海滩殇

北黄海岸边,那一片流淌火焰的红海滩
海风没过芦苇,秋霜爬上爷爷头顶,碱蓬草
立马就红的红海滩。那一片你在滩上
看风景,我在远处看你的红海滩
不几年工夫
说没,就没了

时在深秋,风吹大地,人间凄凉
上苍对世人说,你是一个富有的失败者,你将身无分文
毁掉上苍赐予的美,你将熬不过严冬
远方,还你一片红。看吧
一轮滴血夕阳,即将埋葬大海

关外,一场大雪停了下来

关外
一场大雪,停了下来
林海雪原,停了下来
寥廓大山,停了下来
本溪,通远堡,凤凰城,也停了下来
足够你安静,足够你孤独

透明的风,穿过十座隧洞
一百次地逆行沈丹高速
一条生命线穿过季节腹部
缝合冬天的苍白和坚硬

一个人走不出苍茫大野
无尽的大雪修改冬天
恍如世外,近在咫尺

一只剽悍的鹰滑翔在年终岁尾
如果停止
大风将把他的影子吹散

关外的风

关外的风　硬
关外的风　能吹断历史的骨头

节外生枝的辽河　上游的风更硬
风把几近干涸的河床吹成一部露出骨头的史书
我敢说　一河床的历史至少一千年无人翻过

我曾在辽河的源头寻找大辽国一个消失的民族
撕心裂肺的风中　一位失去儿子的母亲
泪已流干欲说还休

吹断河流的风　吹灭了契丹的影子
也把各族英雄吹成一块块石头
然后　把一部残破的史书带走

随着雨季的到来
关外的风将沿丰盈的河水逆流而上
永不回眸

辽

辽　如果你是一条河
稻花和鱼就是你的儿女,沿着旷世文明
怀着追思和感恩,溯流生命的源头
　　——西拉木伦

辽　如果你是一个帝国
雄霸朔方,千年后的臣民,还有谁会寻找
一部编年史辉煌壮丽的第一句
　　——西拉木伦

辽　如果你是一个民族
那些销声匿迹于民族之林的血脉,就会悄然
回流到契丹这棵大树,站起来
　　——西拉木伦

辽　如果你缄默不语
那就放弃历史炫目的光环,隐匿于我心中最高处

唯其辽,才有远
——西拉木伦

*西拉木伦河,为西辽河北源,发源于赤峰市克什克腾旗大红山,长约380公里,汇入辽河,然后流入渤海。西拉木伦河流域面积约3.2万平方公里。西拉木伦河哺育了流域内各族人民,契丹族就发祥于这一流域,并在河畔建立了大辽国。

西拉木伦河谷的风

空寂的河谷。河水静流,向东
落日,驮着大辽国的辉煌,西移……
喊一声,就传来契丹的回音
荒芜的风,是谁千年的呼吸
伫立崖畔,玉树临风
唯有风穿过对这片土地永恒的爱
穿过我的前世与今生
让风把心情吹透,把伤口吹干
沉淀生命深处泣血的尊荣或卑贱
让身体的血和盐扎根
从头开始,与山河同在,与风共舞
做大辽国的庶民或者戍卒
或躬耕田亩,或游猎放牧,或挑枪守城
暮年就是崖畔的黄花
送夕阳,迎旭日

一匹马在河谷咀嚼时光

西拉木伦河谷,一道历史的伤口
在这远方以远,秋天挽着契丹走向了尽头

一块被塞外的风打磨的石头
与大宋、西夏鼎立了几百年,无语
历史总是由近及远,由坚硬到虚无

一匹马在河谷咀嚼静止的时光
土著的风在默默祈祷,谁能驾神马驭长风
叫河流陡立,让时光倒流

璞　玉

大地的深处
炽烈的火和激情
将生硬的元素凝练成
真善美

璞玉浑金
日月风霜为粗糙的石头
披上外衣
一年复一年

等了一千年，一万年
一粒智慧的火花
点燃昏睡的玉石
天工开物，绝伦的美
让心灵震颤

哈达碑的夜

哈达碑。夕阳下
沉寂的石头
被夜色深埋在小镇脚下
深埋了滚滚红尘和物欲的喧嚣
也把我深埋在夜色群山之中

我渐渐感到温润
并不盼望黎明过早来临
趁着夜色,守身如玉
直至岫岩玉般通透和晶莹
言行举止以至灵魂
泛起浅绿色的光

更愿意在地层深处
沉睡千载
看自己何时被阳光挖掘

岫　玉

在一块石头上
我听到岁月的风声
在慢慢地吹
阳光在它身上
镌刻温暖

方寸之间
草原的绿色
托起白云流水
朴实凝重的性情
内心的风暴在体内
经久不息

＊岫玉为中国四大名玉之一,主要产于辽宁省岫岩满族自治县哈达碑镇。5000 年前的红山文化中,有大量岫岩玉石制件。

一枚蒙古文驿站大印

凤城市出土一枚元朝斜烈驿站大印。

  关山飞渡
  斜烈驿站
  马踏月光西去
  西去

  辽阔的版图
  总在身后
  蹄声叩醒辽东的寒凉
  东风西渐
  总在朝阳的前头

  忽必烈将一枚
  蒙古八思巴文的大印

扣在辽东胸脯

生疼

*斜烈即今凤城市薛礼村,元朝时是驿站。

暮春，车过辽中

暮春
出山海关过辽中茨榆坨
旷野，只有简单的几个人和一匹马
在潦草的风中播种

风吹皱关外的苍茫大地
那么多世代耕耘的人
连同被风吹薄的胡马和旌旗
早已成了地下不发芽的种子

田埂上，一排杨树弯着腰
和风撕扯着
是地下被歪曲的人站起来
和谁讲理

车过叶柏寿

总要停下来。奔驰的列车
总要火柴般点亮暗夜小站微弱的灯光
总有一些人下车,被漆黑的夜色
吞没。这些陌生的人
隐没于辽西北暗夜的尽头后
我们今生不会再相见
而我还要前行
人生总是这样。
回首,车站远了
一点亮光渐渐在心头熄灭

*叶柏寿,辽宁省朝阳市建平县县城,"叶柏寿"是蒙语音译,意思是大房子。叶柏寿位于辽宁、河北、内蒙古三地交界处,地理位置显要,是红山文化发现地。

赫图阿拉,一辆马车

赫图阿拉
一辆清朝的马车缓缓而行
马很慢,比阳光快不了多少
他知道后面不是皇帝老儿
不用出更多的力

赶车的人戴一顶
不知是亲王还是大臣的头盔
帽尖,一滴血戏弄时光
一绺马尾上下抖动
似一朵火焰,灼伤我爱恨交加的痛
四百年,强盛和衰败的嬗变
如一声鞭响,消失得无影无踪

或许可以大吼,快一点
马却越走越慢
清朝,是渐行渐远了

东 陵

暮秋
一丘黄土
一茎枯草依旧发出
号角的锐响

山河故我
时光退回四百年
一颗不安分的心
一双寒光凛冽的眼睛
兀自瞄准南方

寒蝉噤声。秋天气数已尽
大明宫阙已现破绽
北风，早已盯住秋天
最薄弱的隘口
长驱直入

努尔哈赤陵前，高树入云矗立世外

聆听阳光折断翅膀的声音

看英雄鹊起又沦为贼寇

风乍起，轻念

江山无限……

＊沈阳东陵埋葬着清朝的开拓者努尔哈赤。

蒙古族老汉

凤城大堡。满眼的绿
高过了风吹现牛羊的草
八十三岁蒙古族老汉陈治洲
搓着手从玉米地里出来
好像他和他的民族
刚刚走下马来

四代了。祖上是乾隆年间
从蒙古来跑马占地的
老人有些自豪。更得意的大概
要等些时日,风渐凉
苞米仓子里
装满比秋天更高的金黄

＊大堡,辽宁省凤城市大堡蒙古族乡政府所在地。

山海关

天下第一关
摸一摸那冰凉的金字
就摸到了秦时的月光
敲一敲沉睡的砖瓦　响亮的方言
就传来月黑风高夜
携虎符腰牌将士叩关的那三声叫

雉堞
揪心的哭声缭绕
万里长城被一个女子哭倒
断口处　沙尘吹动烽燧
历史张着大口
自己把自己哭醒

一脚关里,一脚关外

山海关
我一脚关里一脚关外
我把自己站成千年不变的城楼
风　飘忽不定,和我相拥而泣
往关里刮　诉说我的前世
往关外刮　诉说我的来生

山海关
一边是苦海一边是梦境
往来于关里关外
我那几代闯关东的先人
在黑土地深处兀自大口喝酒
齐国的妻小就成了远方

城墙下
有个白发飘逸行色匆匆的人
是我千年后的替身
闯关后　山海关必有一场大雪

老龙头

从河西　灼热的漠风和战火
一条失血的龙，一路走来
两千年漫漫的尽头　东临碣石
渴得一头扎进海底

先是胡马　后是沙尘
一路上身躯和记忆被踩得时断时续
龙行万里　一夜到暮秋
游进渤海　决意不再出来

二月　风声紧时
抬一抬头

孟姜女庙

哭倒了长城以后
就在山海关旁住下来

如泣如诉的钟声
接着哭
爱恨情仇增加了金属的分量

海枯石烂
谁将重复了一万年的誓言说出
晨钟暮鼓不厌其烦
不管秦汉还是唐宋元明清
刻骨的钟声渐行渐远
不管关里还是关外
也不管河北还是辽宁

北京站

北京站
人流如潮,行色匆匆
门前紫薇树
一群蚂蚁正往高远爬去
背负微凉秋风
和父母沉重的目光
这些皮肤黝黑的乡亲
在这富丽堂皇的首都
竟置迷惘飘摇于不顾
我也将坐高铁离去
去蒙古高原
动车将一路打开
夜色、星星、梦想和幸福

紫禁城

一抹世袭的朱红
一群龙栖息在影子里
抱团取暖
我来时已然秋末
至尊的金碧辉煌
紫禁城内
无边落木
萧然飘落夕阳的无奈
光明与黑暗
威严与血腥
掩饰不住钩心斗角的疲惫
再往里
萧墙内
偌大一座宫殿
俨然一声空洞的叹息

远方的广济寺

远在关外的锦州
古城日渐增加高度
在更远记忆中久坐的
广济寺　深陷其中

禅意落满寺院
信仰站着。
从遥远的辽代刮来的风
竟让久住广济寺塔的麻雀忘记了自己的年龄

擦肩而过的辽国臣民
走失于更远的远方，落花流水，飘忽不定
我们日子殷实。仰望十三层塔时
亲人般远来的燕子
正学做主人

* 广济寺位于辽宁省锦州市古塔区,始建于辽代,后历经兵火,多次重修,现存为清道光九年(1829年)重建。广济寺塔坐落在广济寺内,自辽清宁三年(1057年)建成以来,很少修缮,基本保持原貌。塔原高63米,存高57米,为八角十三层实心密檐砖塔。

谒耶律楚材雕像

锦州　夕阳下
我向耶律楚材的雕像
鞠了三个躬
暮春的风鞠了三个躬
广济寺的古塔跟着鞠了三个躬

就在我弯腰的时刻
八百年时光
把一个契丹人后裔雕刻成顶梁柱
撑起成吉思汗窝阔台汗两朝的天空

天空下　他拦住了南下
改中原良田为牧场的马队
叫蒙古草原的牛群羊群
也念出子曰的读书声

凡是能穿过时代的皮肤

进入人民心中的人

都能成为大地上站立的雕像

而我只能成为一块石头

闭上眼　躺在大地

静候大雪掩埋

* 耶律楚材（1190—1244），契丹贵族，蒙古成吉思汗、窝阔台汗时重臣，官至中书令。蒙古立国之初，耶律楚材积极恢复文治，逐步实施"以儒治国"的方案，制定了多种政策及典章制度，对建立元朝法律制度具有重大影响。耶律楚材两岁时，父亲去世，随母杨氏定居今锦州市义县，十二岁时入闾山显州书院，十三岁时学习诗书。

笔架山

小楼昨夜又秋风

只轻轻几下

把白霜洒满过客的头顶

季节，慢慢衰老

我也倦了

找个地方搁搁笔

渤海，一池浓墨

泪水全无。他心中有数

看潮起潮落，众神死亡

看青草梳理山风，庄稼摇晃太阳

看一道彩虹，从关外天空

升起　降落

* 笔架山风景区位于辽宁省锦州市天桥镇辽东湾中，面朝渤海，山有三峰，二低一高，形如笔架；每至潮退，山与海岸之间便现出"天桥"。山上悬崖峭壁奇秀，是道教圣地。

长白山大峡谷

大峡谷,一道长长的伤口
风雨停止脚步,像抚摸一声巨大的疼痛

断裂抑或弥合,是一种轮回
火山或将再次喷发,把大地烫伤,冷却
历史再颠覆一次,死亡和重生的章节再重复一遍

冰雪埋葬峡谷,春天峡谷一日返青
谷底巨石绿树,风声水声,盎然乐章,慢慢向上蔓延
天空阴晴难测,时光消匿岳桦林之中

静坐大峡谷上,记忆的旁边,永远是古代
谁能把记忆刻成一道沟壑,将炫耀和浮华埋葬其间
俯仰之间,谁燃烧的目光和远处的天空渐渐暗了下来……

大峡谷,大开大合,一声沉重的长叹
将抚平谁红尘滚滚的一生

长白山顶的杜鹃

一厘米
一生的高度
一生执着的爱和梦境
一厘米

一厘米
高举长白山
高举天池白云冰雪
高举松花江鸭绿江图们江
高举渔猎农耕征战的历史
高举最原始的生态链

长白山顶,池水慢慢变老
天池周边,唯有一片片杜鹃
潜伏东北亚冰雪下,静候春和景明

阳光似金,如普照佛光
宁静,和平,安详
发出金属的声音

你是谁心中长久的等待

雨水过后
阳光一天天变长
背负天涯的人
马蹄踏响一片鹅黄

一个绿装女子衣袂飞扬
似曾相识　转身回眸
你的美足以拦截尘世所有目光
你是谁心中长久的等待
以致你翩然而至
百里红尘却浑然不觉

山上的那些野花

城市后面的山上
那些五颜六色的野花
按部就班地开放
就像山下产院出生的婴儿

这些贴着地皮的生命
次第来到人间
只是为了分享一点阳光
没有谁为他们欢欣鼓舞

风吹腰弯
像山下面朝黄土背朝天的人
他们一生的辉煌
只是一场春雨后简单的感恩

一些人,一些事

一些人
一些事
像风的一次简单叙述
总是那么匆忙

当我穿过一片芦荡
走到秋天的一半
俯仰之间
头就白了

一枚落叶覆盖了秋天

一枚落叶覆盖了秋天
覆盖大地的心跳
和阳光的温暖

落叶成空,寒霜醉了
你依然带着经年
诗词歌赋的温度
终将和风雨一起献身
混迹大地
一些怨怼和回忆终成伤痛

寒山渐远,几近荒芜
季节虚无,大象无形
此前
晚风听唱
你站在秋天看风景
看风景的人
在看你

醉美红叶,景中有你

暮秋辽东,万山红遍,层林尽染
你在景中,就是一道比红更红的风景
我的抓拍,过于苍白
在尘世风中伫立
只为等你

揽风景无数,红尘中只为刹那初见
岁月流转,阅人无数,阅景无数
缘何你只把红叶
定格为永远

红叶燃烧秋天

寒露为霜,风声越紧
秋风正以摧枯拉朽之势
长驱直入
如入无人之境

辽东的大山
不想交出生命的绿和长空
正一步步后退
唯有你
高举千万面猎猎红旗
做最后一搏

风停时,你是凝固的火焰
风吹来,你是流动的岩浆
你用热血的红
阻挡溃逃的黄

你从容

如燕赵大地慷慨悲歌之士

在一个季节

生死存亡的关头

还有谁是真正的战士

敢于挺身而出

这是最后的斗争

一个旧世界

一切黑暗腐朽和丑陋

终被大火焚尽

你用最耀眼最灿烂的色彩

把天空举起

你用最后的热血

染红一方大地

你的足迹,远达唐宋诗词

近抵志士仁人心底

你要赶在霜降前

把自己燃尽·

即使做一枚书签

仍保持生命的热度

满山枫红

秋分过后
大山渐冷
秋风也感到凉了
在这辽东大山,秋风抱紧秋风
取暖

日头一出
就不一样了
晓来谁染霜林醉
满山枫红
把暮秋熊熊燃烧
红色肆意扩张的日子
爱,也变得丰厚

霜降未到
一阕离歌奏响
人间鬓发已经泛白
向岁月挺进
既然选择远方,就要风雨兼程

有一些云霞

有一些云霞
只适合栖居
大山怀抱的山谷
燃烧

有一种美
必须用寒露打湿
像爱一样
垂落
时光的羽翎
落在头顶是幸运的
尽管有些凄凉
有些慢
只适合唇齿之间

谁是点燃秋风的
火种

寒霜已醉
道不尽谁将岁月染红
大地丰盈　日子殷实
怀抱幸福的人
安步当车追赶日月
来往于季节内外

独行的秋叶

暮秋

北风一遍遍催促

几分眷恋,几分犹豫,几分悲怆

你要代表秋天做一次远行

离开,跌落

叶落无声

就是生离死别

一年的期盼

没有许诺

热切的目光已是默契

如今,你竟然独行

完成一次生命的飞翔

把黑夜般怅然留给我

幡然转身

便是冰雪

秋天的小溪和红叶

和秋天有个约定
秋风渐凉
屏住呼吸,放缓脚步,把身影放低
听清泉在石上浅吟低唱

空山新雨后
天上飘彩云,低处流丹霞
小溪两岸,秋天来晚

溪流,修栈道度陈仓
用尽二十四节气到达棵棵枫树的暮秋
静候庄严献身,通过一轮红日
完成一年一度的燃烧

荷花五题

一　与荷花相遇

与荷花相遇

是一生最美的幸福

接天莲叶无穷碧

映日荷花别样红

花大而艳，妖娆典雅

地上牡丹水中荷啊

天下之大

唯有你敢与花魁媲美

神州首部诗集

《诗经》风雅颂始

几千年卷帙浩繁诗词歌赋中

崭露头角的

能有几多

捧着荷花来读
你心里就装满了诗

二　高洁

一说到
高洁
不与俗世同流
总离不开
出淤泥而不染，濯清涟而不妖
人的品格
为什么不及荷花

人生一世
草木一秋
静等花开
让花香熏陶人的灵魂
花语如箴言，入我心者
我待以君王

三　爱花者

爱花者
目带慧光
心灵美，五体生香

荷花
生于水中
长于俗世凡尘
中通外直，不枝不蔓
阳光不多要一分
雨露不多要一点
不贪不占
平淡如水在人间

爱花者
自荷汲取精神营养
与荷同芳
心有荷花，与荷同芳

四　花落了

花落了

那些花瓣雨

飘飘然

带着流年的暗香

匆匆去冥冥中赴约

衰亡，即是生

降生

即是迈向

死亡第一步

如死如生，开始轮回

众荷喧哗

凄美也是美

花开是风景

花落也是风景

五　莲子

莲子

味甘，涩，性平

补脾止泻，养心安神，益肾涩精

多好的名字呀

吉祥丰满

予人生以平安

无果而终

不及草木

附：

赏"拍成诗的荷花"

——调寄《恋芳春慢》

一　尘

花影飘香，

溢神透韵，

几多柔媚娉婷。

出水芙蕖，

不逊国色姿容。

最是情高质洁，

秉正气、陶人心灵。
零落处、未必戚戚,
向死还即重生。

诗人雅兴,
画中觅句;
传真妙手,
原自诗雄。
慧眼痴心,
谱写盛世荷风。
守我书生意气,
伴莲子、承递葱茏。
"爱花者"——
应信松涛作为,
无愧芳名。

春天的乌骨城

春深似海。
春天打开了乌骨城的山门
我来得正是时候。偌大一座山城,兵不血刃
已被春天占领

高句丽的山门无人值守
十万大军隐身锈迹斑斑的历史
风声所指,那些孤魂野鬼已群龙无首
山城是一只盛满阳光的花篮,春天盛大无比

点将台还在点数四季的轮回
花开花落,春去春又回
一座烽火台,三座哨所,站在春天的高处
残垣断壁中高句丽王的梦,早已被风雨收回

在城墙与春天之间,我稍事歇息
让澄澈的阳光把山城穿透,把春天穿透,也把我穿透

鸡犬之声相闻，农事正忙，大地如织。山城里烽烟燃尽，炊烟又起

* 乌骨城位于辽宁省凤城市凤凰山东侧，是高句丽时期著名的山城。外城城墙沿山脊逐段而修，周长近 16 公里。现存较完整以楔形石块垒筑城墙 2355 米，倒塌城墙 5170 米，其余部分则以悬崖峭壁为墙。山城辟有南、北、东三座城门。城内有点将台、烽火台、高山哨所、旗杆座、水井、采石场等遗存。乌骨城是全国重点文物保护单位。

高句丽政权历经两汉、魏晋、南北朝、隋唐 700 多年，与中原王朝有和有战，始终是地方政权。公元 668 年，唐朝军队与新罗联合灭掉高句丽政权，其族人早已融合到中原、东北和朝鲜半岛其他民族之中。高句丽灭亡 200 多年后，即公元 9 世纪初，朝鲜半岛由新罗王朝合并百济王朝组成高丽王朝。高句丽和高丽、高句丽族和今日朝鲜族没有传承关系。

渴 望

高天之下,城墙之上
一个个旗杆座隐忍、空寂、渴望
这些插旗杆的坑,两千年,风没有把它们填满,月光
没有把它们填满。惟风雨大作,常有泪水溢出

汉朝以降,两晋以至南北朝,隋唐……
北望靺鞨,觊觎中原,高句丽心比天高,竖起大旗,玉树临风
一阵刀光剑影之后,万千人头,随700岁大旗落地

旗杆座依然瞪着眼睛两千年不闭
望穿秋水,渴望易帜,叫统一的旗帜
从五百里大山开始,遍插中华
万里山河一片红

轻轻地击打石头

倾圮的高句丽城墙,一些溃不成军的
石头,被粗莽的秋风敲打了上千次
而我只轻轻敲打一次

我喜欢用这样的方式,叩问历史
击打一个王国残存的疆土,一个时代僵硬的后背
当风吹透他冰凉的身体冰凉的心,我的击打
使他的身体变暖,心跳渐趋急促

一人击打,万人唱和
在这空空的山谷我和先人击节而歌
五百里大山和歌声一起
此起彼伏

抚摸乌骨城

高句丽人的一块石头
站起来，就增加岁月的高度
躺下去，就加重大地的分量

一块石头的记忆幽深莫测，一块石头的向往稍纵即逝
瘦骨嶙峋的是高句丽的骨骼，青筋暴跳的是高句丽的肌肉
或辉煌或黯淡，石头的颜色即一个民族的颜色

触摸一块石头，就触摸到泣血的幽怨和孤独
随一块石头走进集结的城墙，就走进高句丽幽深的秘史
风雨冲洗的石头，千年山城从此不老

这里昨天还是秋。经年的风
从长白山吹来，吹白了山城的头顶
面对神圣的石头，我要怎样，才能抵达你的内心

雾漫乌骨城

雾漫乌骨城。千年的山城不倒
大雾淹没了蜿蜒的城墙,却淹没不了城内外
惨烈的秋色和高过秋天的空谷鸟鸣

大雾渐入高句丽七百年的纵深,不知还有多少山头
需要占领。那些兵戎相见的岁月遁形虚拟的雾中
我摸一把高耸的城墙,就摸到了历史的厚重与坚硬
湿漉漉的手印,说不清是爱还是痛

山路弯弯。高句丽王就从这里走来,三十里方圆
竟没有圆一个占山为王的梦,而那些智慧和坚韧的石块
构筑起了一道战争美学的长城

大雾没有隐退的意思。我们高喊我来了
幽谷回音,满山都在回应。我们站在历史的制高点上
俯瞰脚下升起一架永不凋落的彩虹

雪落乌骨城

大雪无痕
大雪把山谷夷为平地
空谷鸟鸣几声,抖落几片雪
一行山鸡的爪印渐行渐远
泄露一个季节走向的秘密

那些乌骨城旧石垒砌的农舍
排列出一行行安适沉着的日子
不必担心隋唐将军来袭。群山披银,如万匹
白马肖然屹立,早已停止了对一个时代的追杀
狼烟散尽,大一统的白雪把山城的静美渐次抬高

大地安详如初。大雪教会了热爱。
大雪,是丰收使者,下白了头顶,润泽心头
雪越厚,乌骨城越富有
山门里一棵枯树却心空如海,身前是风
身后是大片大片的白

乌骨城里的布纹瓦

瓦
纹络清晰的布纹瓦上
两千年山河纵横,风雨驰骋
写满高句丽的兴衰

为一个民族遮风避雨的布纹瓦
下面曾是守身如玉的高句丽女子
温馨的灶火和不绝于耳的鸡鸣狗吠
一阵血雨腥风之后,终于还是碎了
一滴滴带血的泪珠被大风吹散

一块碎瓦,是高句丽破碎的版图
征战与和平,割据和统一,分裂和融合,循环往复
就像一块瓦的烧制与碎裂,终被大地收回
乌骨城。北风如铁,寒意隆起
彻骨的寒风中,瓦片和瓦片相互拥抱
用哭声和哭声相互取暖

乌骨城,无尽的大雪

雪落无声
不经意间,山城陷落。无尽的大雪
掩埋山城的内伤和兵戎相向的日子
大雪过后,放马来战的
只有轮回的季节和柔弱的风

原住民隐身雪后。靺鞨人高句丽人中原人的后裔
在今日的山城开拓疆土,播种爱情
大雪天适宜热炕、盘腿、饮酒
酒酣耳热中,幸福越陷越深

唯有我茫然不知所措。无尽的怀想
大雪满弓刀的诗句和内心空旷的白
一架爬犁穿城而过,山城发出幸福的呻吟
两行辙印,驶向春天……

天　问

时断时续的舂米声
已响了三个时辰
那个去溪边汲水的高句丽女子
去了多时，还回不回来

吱呀一声
门开了
面对一座空城两千年的等待
我是进去，还是退回来

这些石臼和门轴石
目不转睛地期盼了千年
一些久藏于心的秘密
是喊出来，还是继续守口如瓶

烽火台

始终被大山收藏
直到烽火燃尽
成为一株枯立的历史之树
鸟雀如飞离的落叶
云霞如挂在树枝的彩旗
直到被冰冷如水的月光冲垮
訇然成为一堆废墟

战争是迟暮的美人
云鬓散落,人老珠黄,姿色全无
遁入石缝悄然无声
与枯萎的花朵一起栖身
乱石的暮秋

烽火台,战争史上的
一只耳朵一只眼

而我看到在战争与和平之间

一个惊叹的标点

继往开来,奇崛突兀

乌骨城墙上的丁香花

血色残阳
燃尽凝霜的刀光剑影
却毁不掉冷艳花香
城墙颓废
高句丽女人香消玉殒
丁香花犹在
花香渐浓
是高句丽士兵手植的信物

香气馥郁的丁香花
一千六百年,就这么一直开
无论月黑风高
还是艳阳高照
不间断地吐露秘不可宣的心迹
在墙头
一位隔世情人
不懈地向远去的影子招手

一个叫边门的地方

离开乌骨城
我走在一个叫边门的地方
风刮着,风继续在刮

边门,曾叫高丽门、一面山
无懈可击的风,与我擦肩而过
不断改写我身前和身后的一些什么
风中,薛礼剿灭乌骨城后
继续乘风东去,乌骨城则陷于沉寂
一条从山海关东去的铁路
箭一样驶过一辆高速的列车

风刮着,风继续在刮
前无古人,后无来者
阳光一转身,一把锋利的刀子
在这个充满征战和英雄的地方
会不会把春天也重新刻写

在一堵城墙下面

在一堵城墙下面
我看到今日的石匠
把散乱的石头重新垒砌
仿制高句丽王一个
一千五百年空洞的梦

青山依旧
那些随季节逃跑又回来的青草
在虚妄的风中
正掩护一只探头探脑的松鼠
像国王的哨兵
刺探二十一世纪的军情

乌骨城的蚕场

一

丝绸的起点
谁,以肥为美
不停地咀嚼
进而达到进入唐朝宫廷的尺码
使整个朝代饱满

穷其一生,吐丝织茧
内心留下丝路般泣血的历程
做一件华丽的衣裳
嫁给盛世

二

乌骨城

白云变幻苍狗
烽火台下
蚕场的柞树叶唐朝般宽厚肥大
一只贵妃般的蚕
咬啮时间的残片

乌骨城,乌骨城
高句丽荒废的营地
烽火熄灭,秋意燃起
假以时日,蚕丝吐尽
谁将于季节深处
迎娶作茧自缚的美人

雨 水

一道风过后
一个节气从家乡方向赶来
比立春晚一点
比惊蛰早一点
高过树梢
低于冰雪
母亲的一滴泪
比雨水更早地栖落心头
在这暮色四合的关外
我就是远方

隐　退

一座茅庐
小桥流水
茂林修竹
以及对彼此的坚守
是我们最后的不动产
黎明即起，洒扫庭院
深居简出，不希望有人
轻车简从光顾

闲日里，你我对视良久，然后对饮
不论举案齐眉，也不说相濡以沫
只叫那杯中花香四溢
让荒芜漫上头顶
一旦，某日你耽留山涧
我将高举火把，照亮荒径
轻唤你的小名

三分薄田

三分薄田
七分辛劳
在彼此的心田播下种子
举手加额,和禾苗一起望天
求索春雨如油的民谚

农事之外,不要忘记
房檐下留一块地方
让昔日的王谢堂前燕
今日飞进我们的暮年

扛着夕阳回家,点燃人间烟火
升起儿时的袅袅炊烟
然后,粗茶淡饭
春夏秋三季煎饼卷大葱
一缸爱的佳酿打发漫长的冬

在你额头印上一朵玫瑰

须清泉流水

弯月如钩

于山垭口被秋风悄然举起

我凭窗远眺房后田园

霜色又加重几分

染白杨柳岸晓风

轻轻爬进纱帐

染白你脆弱的头顶

这些,都是不经意间的事

就像我,不经意间

在你额头

印上一朵玫瑰

草原

第四辑

众神死亡的草原,越野车追赶夏天

远在远方的满洲里比远方更远

呼伦湖

祖父兄弟姐妹五人，四个弟妹自20世纪30年代至60年代陆续自山东赴内蒙古呼伦贝尔讨生活，并终老于此。本人去呼伦贝尔找到了四爷（家族排行）一支，并与四个堂弟妹及其眷属晤面。相隔半个世纪的重逢，令人唏嘘不已！

天苍苍，野茫茫
风，吹动青草的忧伤
吹动两鬓开满的白霜
也吹落亲人脸上的泪两行
呼伦湖，一滴不干的泪，永远闪烁泪花

彼此呼唤，紧紧相拥
没有什么比四十九年的等待更生动
风过无痕，呼伦湖将深藏一排永恒的
身影及心灵的碎裂声

如果没有母亲般的呼伦贝尔

召纳筚路蓝缕的北上流民
你们将何处栖身。人世薄凉,唯有血热
而今,来自同一个源头的血脉
来自同一个方向的身影
远离家乡的方言、祖坟和饥馑
呼伦贝尔,生命的坐标
一半是故乡,一半是异客

悄然深入湖中栈桥,我把自己走失
那一刻,呼伦湖水生风起
婉约自持的大草原
骤然苍老了许多

八月的风

八月的风,涉水而过
呼伦贝尔的草紧紧相拥
八月,如果我不随风北上,今生今世将形同陌路
呼伦湖怎会留住兄弟姐妹久别重逢的身影

八月,执手相望泪眼。风,竟无语
霜花飞鬓,面面相觑,熟悉而又陌生
草原上一条小道,连绵起伏,任它说出颠沛流离
饥馑灾荒追杀的魅影。你们怀揣旅途和远方
背负关内外山河、日月星辰和苦难,一路向北
我的思念是一道风景,总在生命长河追随
天高地远,流年有声,你我互为远方
一滴清泪陷入八月更持久的静
时间的凝滞,是一种美

故乡无处不在。也许从未有故乡,从未有异客
呼伦湖,被风打磨得一汪碧蓝,草原和人生都为之倾覆

群马咀嚼阳光,鸟儿飞出岁月。八月的阳光击打湖水
风模拟马嘶,金莲花练习走步。风为心声,一阵风
把云朵放牧成羊群;一声长调,唱响未来

来世遇上八月,我为草,你为蜂蝶
怀抱八月,把自己活成呼伦贝尔

从海拉尔出发

从海拉尔出发,是草原
再往前,还是草原
大兴安岭到满洲里,千里呼伦贝尔,令人敬畏
马,草原的神。鬃毛如风,马蹄是鼓,叩击八荒
从东胡、鲜卑、蒙兀室韦出发,从额尔古纳
翻越支脉纵横的发展谱系,蒙古人
万马奔腾如海啸追赶着风,马踏惊雷,踏碎地平线

注定与一匹马有缘,不早不晚,在越野车之前,与心相逢
踏着花香,比白云轻,比灵感快
满载一个民族的自信,引领外乡人抵达诗与远方
千里草原万里情。比草原还远的,是跌宕的记忆与历史
蓝天下的草原,比绿色的梦还辽阔
比想象还深邃。蝴蝶托起花的影子时
沿着牧歌的起伏,我把一生放在路上

* 海拉尔系呼伦贝尔市政府所在地。

在呼伦贝尔,梦祭四爷

一个大字不识的四爷

自己的名字不会写的四爷

打蒙古腰刀出了名

孙铁匠是草原随风传扬的神

一直把呼伦贝尔打得天高地阔

柔情似水,牧草茁壮,铁马飞驰

铮铮铁骨的四爷,柔情四溢的四爷

在老家,摸着我的脑袋

递给我一把亲手打制的小刀的四爷

成为少年心中顶天立地的英雄

打了一辈子铁的四爷

最后把自己打成一抔土

四爷坟前,我小心地说:四爷,我看你来了

那一刻,草原上所有的风都停了下来

只有铿锵的铁锤声,从大地升起,震得我心疼

一块铁从我喉咙滑落,一直掉进胸腔

一棵樟子松的身影,移过来碰疼我的伤感
一只温厚的大手,又摸了一下
我染霜的头顶

扎赉诺尔车站

扎赉诺尔
天边的一个小站。两条古老的铁轨不知来自
哪个年代,也不知去向何方。一阵轰鸣过后
是巨大的安静。有些人下车了,隐入草原;有些人
却永远去了天堂……

五爷,从这里下车
我站立的地方,是他讨生活的第一个脚印
一粒种子掉落草原,开始他心灵的旅程
牛羊如云骏马似风的蒙古草原,一朵花儿的开放与凋谢
总是和朝阳失之交臂,并且悄无声息

被风声磨亮的铁轨,使我产生了回家的欲望
没有埋葬祖先的地方,永远不是故乡
子孙满堂的五爷,寿终正寝的五爷,草原深处
正向故乡跋涉。乘风归去,仅带走一绺阳光

呼伦贝尔：东边太阳，西边雨

乘风呼啸，从牛群中穿过，在漫岗上疾驰
身背东边的太阳，向西边的雨冲去
一只牧羊犬紧追了二百米，一群牛和世界渐渐退去
疾驰到山顶，戛然而止。我望了一眼身边的人
这就是我离散的兄弟吗？他从越野车驾座跳下
轻轻拍了拍裤脚的尘埃

山顶。一家人围坐。奶茶。手扒肉
美酒加咖啡，山东方言夹杂内蒙古土语
兄弟挥手山下的草原，细点数呼伦贝尔
天之尽头，西边的风雨慢慢退去
一群小人，正从四十年前赶来……

呼伦贝尔草原

一百朵白云拽走的,不是蓝天
一千只羊移动的,不是草原

花,开的不是花,是一双双闪亮的眼
草,弯腰,不是草,而是风

摸摸心,还跳。已经不属于我
找一块在草原扎根的石头
在旁边躺下来,死活不走了
不是我,是命

呼伦贝尔,那一片油菜花

这些江南的女子
这些昭君、文姬的姐妹
穿州过府,越长江黄河
一路向北,头也不回
身披绿纱,头戴金簪
嫁给了呼伦贝尔

远古的风把蓝天打开
漫岗起伏,胡笳节拍渐缓
她们便摇曳水样腰身
铺展生动漫长的绿毯
开始盛大的婚礼

有什么从眼中溢出。晶莹、纯净
滴落在现实的大草原
那沉甸甸的黄
叫我这浪迹天涯的人心疼

去满洲里,想起了海子

众神死亡的草原,越野车追赶夏天
远在远方的满洲里比远方更远。车辆稀少,杳无
人迹,一条大道是上苍放平的天梯

至少因为一阵风,寂寥的正午动了一下
每一朵花,都是草原的一次惊悸;每一片白云,都是
呼伦贝尔的一次呼吸。草原凭借草的脚步跑向远方
蝴蝶乘着风的翅膀掩面而泣

海子,当你把命运交给两条永不相交的冷铁
为什么不再走远一点,走出命运的山海关
把生命交给广阔胸怀的呼伦贝尔,接受草原的洗礼
在这江湖以远,远方如风,宠辱尽洗。黑夜扎下根
黎明便绽放花蕊香气。从山海关到这里,也就是
一念之差的距离

不必与草原达成默契。生命,只有追求
一生都在路上……

在呼伦贝尔

在呼伦贝尔,你什么也别想

驻足翘望,就会有一片比史前

还要蓝的天空。酋长或者部落长在上面驱赶羊群

往南方迁徙,大群大群的羊

默不作声,纯洁恬静而驯良

蒙古包里的可汗,不吃不喝

不苟言笑,如生如死,内心强大

你来或者不来,他都在那里

你想或者不想,他都走进心里

有些羊会走到你身旁

碰掉草叶上的珍珠,感恩阳光磨亮的花儿

勒勒车驮走夕阳,蜜蜂运来花香

纵人生过客,一切的爱,都已深藏心中,永不凋谢

一切的猜忌都已遗忘,你不知道前世来生

爱恨情仇,万事皆空。身不由己,紧随其后

前面是牛羊温暖的叫声

在草原,遇上一群蜜蜂

日暮天涯。草原。夕阳很瘦。小道很长
我和一群蜜蜂同行。脚步轻轻,生怕
打扰这群土著

生活的底层,隐忍,内敛,勤劳致富奔小康
他们绝处重生,坚韧有余,知足常乐
他们喂养草原,草原喂养他们
在人生的词典中,我不知道我那些失去
故乡的先辈,和他们有何不同

向他们学习,爱呼伦贝尔
就拥有整个透明的蓝天敦厚的草原
不浪得虚名,不再卑微,是最富有的人,我身家无限
江湖遥远,忧伤更长。先天下之忧而忧,是一场
与生俱来的修行。我仰天长啸,乘风归去
不带走一缕花香

大雁镇

胡天八月。凉风四起。大雁未归
漫岗一片油菜花,是大雁去年撂下的一桩心事
黄得叫人心疼

呼伦贝尔鄂温克旗大雁镇
山东人河北人,大雁一样飞来,却不想
飞走。草原底下黝黑的煤层里,他们采伐着
前世的森林,乐不思蜀

大雁追赶秋风远去。扎根草原的人,望一望天
眼角被风吹湿

告别大雁镇

我不是雁过拔毛的人
只不过惊鸿一瞥,与大雁一同
趁着夜色,和小住六天的大雁镇告别
和让我圆了草原梦的亲人告别
和牛羊煤矿油菜花告别
亲人面前,我极力把脸藏到暗处
生怕泪水把夜色打湿

列车将跨过大小兴安岭南下,梦中我兴许提前
赶到来世,变成一头牛,或者一只羊
变成一匹白马更好了,最好成为白马王子。北上
和草原约定,伫立高处,傻傻地等待一个
有缘的人,陪我一起看草原
看白云飘,雁飞南。看青草青,蓝天蓝
让爱留心间……

明天去贡格尔草原

胡天八月
去久违的贡格尔草原
一定在草原的中央躺下来
再一次倾听阳光穿过牧草和我身体的声音
让心跳比牧草高一点
让歌声比蝴蝶的影子低一点
走进路旁的蒙古包
看看阿丽玛那只咬我脚指头的小花猫
是否走出了平淡的日子

登上砧子山
走进岩画久远的年代
拜访远古打猎的先人
寻找达里诺尔的涛声
看水生风起,百鸟云集,秋风涉水而过
在晨曦中身轻如风
去转动高耸的风车

让生命加速

一啸冲天的大雕

是否还在等我

此次飞翔将开启一个时代

数风流人物,还看今朝

草原之上

我的歌声将黯然失色

如果看见云雀的暧昧

蜜蜂的卿卿我我

我将守口如瓶

如果风吹湿我的眼睛

我将留住一滴泪的温度

贡格尔,贡格尔,一半是风景,一半是爱情

＊贡格尔草原在内蒙古自治区赤峰市克什克腾旗。

和塞外的风一起扑向草原

和塞外的风一起扑向草原
那些心目中的草,梦中的牛羊
打马驶过草原似曾相识的人
是我异族的兄弟

他们与牧场寸步不离
地老天荒,和与生俱来的牧歌相守
在草原深处安放爱情和马头琴
用古老的马背驮着日月星辰
驮着一辈子的幸福和愁闷

一只小马驹迎着爱的呼唤
奔向草原深处的马群
形只影单的我,拽住风的衣襟
提前喊了一声母亲

科尔沁草原的马头琴

金属撞击草原的声音
飞驰而过。是那种比旋风还快的飞
演奏马头琴的人,提前进入自己制造的风暴
成为主旋律的核心。马群进入
落日。演奏渐入尾声。摧枯拉朽的风暴
过后,是心潮的大起大落
乐手轻叩琴弦,两滴热泪
戛然而下

砧子山抒怀

来到你脚下时
夏天已经走远
只有赤褐色山岩守望草原的寂寞
一场远古的狩猎还在进行
秋风萧瑟,从岩画上吹来
幼兽哀鸣,穿兽皮的猎人欢舞跳跃
塞上的风,有些古老有些血腥

来到你脚下时
该走的都走了。远去的大海行色匆匆
淡定的你从一而终
把蓝天压低,把草原举高
坚守日渐稀薄的时光
像亲人,成为寻梦人的灯塔
屹立高原。没有睡眠,只有苏醒

怀揣一个难解的梦

我再次进入蒙古高原
沙尘般进入你的身体,进入历史的沉静
瞻仰你亿万年坚守的高度
把虔诚锻打得比山岩还坚硬
成为山顶高深莫测的一部分
为你增高微不足道的海拔

一棵小草支撑起秋天

一阵小雪昨夜来过
一场大雪正在路上
一群牛羊是返乡的孩子
一枚白桦树叶带走秋天最后的叹息

坝上的蓝天
虚弱得几近透明
秋天,变硬了
多少过客穿过高原,归心似箭
乌兰布统,已不能承受季节之重
一棵小草支撑起秋天

蒙古高原的向日葵

才别黄海，又见黄花
蒙古高原，盛开着万亩阳光
太阳的孩子，移动太阳的脸庞，无所顾忌地一路奔放
潮水般涌向高原的后面。黄金元素的深处，淡淡的香
掩埋我的心跳

风渐渐把高原吹斜，向日葵依然挺直
八月的高原，秋深似海。有比丰收更大的期待，有比海的
距离更辽阔的思想，有植根在高原坚定不移的爱
风景弥漫。高原渐渐凝固
我躬身面对高原
如同面对一位生动的母亲

那白色的蒙古包

是蓝天下一朵刚落地的白云
是苍茫大海一叶停泊的白帆
是天上永恒的北斗。你的方位
就是一个马背民族心的方向

每天你从草原放飞太阳
也从山岗后牵回月亮
一缕淡蓝色的炊烟
击碎草原的荒凉,唤醒羁旅者的梦
一缕霞光压倒一切
呼伦贝尔草原顿时声名鹊起

爱有多少,美景就有多少
那些游子渐次策马离去
草原是我永恒的风景
蒙古包是草原固有的风景

额 吉

除了牛羊之外

你还有草原

再大的草原

都在你爱的半径之内

爱有多大,草原就有多大

夕阳中,只要炊烟和

你的身影一起直立起来

草原就会变得安静柔顺

儿孙们和那些会说话的牛羊

以及受了伤的牧歌

都会从八月赶回蒙古包前

比他们更早依偎在你脚下的

还是那只牧羊犬

蒙古包溢出的灯光

温暖、明亮、柔软

不断流淌

*额吉,蒙语音译,母亲、阿妈的意思。

跑半个中国去睡你

穿州过府
紧赶慢赶
跑半个中国去睡你
一张床
仰卧俯卧侧卧,翻云覆雨

不用冒枪林弹雨
爱江山爱美人,将军睡过的一张床
夸张,磁性,可以满足英雄情结
只要睡,鲜花绕床,就会盛开
蓝天作帐,云作被,风情万种
自己成为自己的风景
高海拔的一片宁静
正好安放春光十里

将军床上

坐拥江山,号令三军,操练大小石峰
山下有南风伴攻
便可从蒙古后方调遣风暴
在这里,床是幸运者的
幸运者是阿斯哈图石林的
英雄与时代撞击火花照彻草原

将军床
睡过你的人,不知所终
南朝北国要睡你的人
正日夜兼程

* 将军床,一块形状似大床的天然巨石,是内蒙古自治区克什克腾旗阿斯哈图石林的一处景观。

一声蒙古长调

一声蒙古长调

高亢悠远,响遏行云

燃烧晚霞金属的光辉

我从带着民族血液的音符

读取马刀、征服和融合的编年史

时而舒缓,肝肠寸断,柔情如水

陈巴尔虎旗莫日格勒河九曲十八弯

率领浩浩众草大军所向披靡

开辟一条比生活还弯曲的路

成吉思汗陵

山是伟人之躯
踏上每级台阶必须小心谨慎
生怕踩疼他的汗毛和梦境
高高在上的陵,高于人烟、四季和信仰
金碧辉煌的成吉思汗陵
只是掩埋了一个疲惫的灵魂
那个叫地球发抖的人
那个用速度和力量征服地球的人
早已遁入荒野不知所终

鄂尔多斯的风
居高临下,穿越成吉思汗陵
穿越理想信念和崇拜的中心
穿越众人膜拜的暮秋,如入无人之境
英雄,最后占领的只是一副骨骼的疆土
大地如此虚无

黄河的臂弯,刺向蓝天的苏鲁锭

似滴血的手指点燃高原与落日
引燃目光和鄂尔多斯,照亮八百年元明清
把大地的马蹄和冲锋染成血色

＊鄂尔多斯伊金霍洛旗成吉思汗陵,只是成吉思汗的衣冠冢。

伊金霍洛

朔方的风硬
把黄河吹成一张弓

此刻
射雕英雄正倚弓酣睡
背靠母亲胸脯
鼾声似有若无

鄂尔多斯高原
爱恨情仇并未了断
而天空放牧多彩的云霞
和大地连接得没有一丝缝隙
像羊群离不开永恒的草原

河套。黄河
绕过伊金霍洛成吉思汗陵
呈"几"字形南下
波澜不惊,奏响摇篮曲

胡天八月

胡天八月即飞雪
风撕扯雪白的哈达
与飞雪同行的是一匹神马
鬃毛翻飞,仰天长啸

胡天之下
成吉思汗陵旷世的白色帅帐
一代天骄运筹帷幄
酝酿又一次八月的远征

飞雪过后
大地渐渐生动
羊群次第走向天空
白色神马连同主人在风中
加速消失
大地柔情似水
明日黄花重新打开塞上晴空

昭君出塞

雁门关
大雁的一滴泪
浸湿冰冷的不归路

消瘦的肩
背一个憔悴的王朝
脚踏雁鸣,一步到塞北
雁门关
身后桃花
身前雪

王昭君墓

一茎塞北的枯草呜咽
一柄迎亲的胡笳吹响在胡天之下
一位绝代美女悄然走过
所有的花草不再言语

一只大雁落下，朔方从此倾斜
月朗星稀，胡笳低回，流淌巴山楚水
漠风干燥，眼角潮湿
香溪到长安，长安到朔漠
一行脚印，深深浅浅
都刻在冢顶的碑上

青冢。秋风
塞外霜天，枯草上几滴殷红
是一个女子翘首故国的泪
滚烫，浓稠，滴向我泣血的心头

在乌兰布统喝闷倒驴

在乌兰布统
必须小草一样
俯下身来,皈依草原
从头做起
在成吉思汗老人家的目光下
学习蒙古人的功课

弯弓射雕就免了
必须骑一匹马
必须穿上蒙古袍
必须喝闷倒驴
(身边有美女更好了)
必须干,不干不罢休
先把乌兰布统灌倒
把秋风灌倒
最后把自己也灌倒
一醉千年
然后东山再起

一个人的苍茫

梦一样的草原

远离人间

一个人的苍茫

浩渺。孤独。绵延千里

血色霞光,与风达成和解

那些鲜卑或者匈奴的影子

在牛羊的咩叫声中翻过身来

恩恩怨怨早已尘埃落定

他们还要诉说什么

而我无语

高高低低的草原

续写跌宕起伏没有结尾的史诗

我的心境

晨露般透明

透明得近乎虚无

草原素描

草原邈远

自脚下的金帐汗海浪般展开

草原独有的云朵穿着七月的衣裳

不即不离的牛羊在草原次第开放

马背,是我的一半江山

我背弃俗世,固守本土

骑着马儿追击逃散的阳光

在这呼伦贝尔的腹地

莫日格勒河把外乡人的豪迈延伸到远方

当远处山顶拦截住蓝天

身边的羊群早已跑到天上

乌兰布统

孤旅的人
穷途末路
大风吹面
吹斜了黄昏的影子

一座客栈
孤灯如豆
一百年日夜长明
阴柔的灯火温暖而寂寞
一颗跳动的心
只为等待一人

孤旅的人
放下行囊
尘埃落定
一个梦将占领整个草原
梦中有花开的声音

必有两只蝴蝶细碎的翻飞

提前打开天空

斩获草原四射的霞光

照亮归乡的路

并带上草原

塞外,牧羊的母亲

蒙古高原的几条沟壑
一夜之间爬满你的面庞
一张脸,是风的颜色
风,从稀疏的齿间出出进进
如入无人之境

面对浅秋和异乡人
浅浅的笑,是风干的花朵
干裂的嘴角布满带血的花纹
高原的母亲,除了风还有谁爱你

乌兰布统,小河头
一只羔羊,不停地喊着亲娘
羊群慢慢爬上日子高处
牧羊鞭挥动的方向
就是你一生的方向

坝上五彩山

那么多人踩着阳光,去朝拜
那么多车携带秋风,在路上
坝上,寒意隆起,彩色荟萃
五彩山,一顶王冠高耸于塞外乌兰布统
亭亭白桦和姊妹们披金戴银
为谁穿起华丽的衣裳

只有王才能调动这么多惊心动魄的颜色
巨大的秋色前
一个外乡人背着相机六神无主
第一次听到眼睛喊疼,心灵几近背叛
派出去作点缀的两位美女
埋头走进秋色,不再回来
我只能做自己的王

白桦林,你的等待已久

亭亭白桦
离冬还有一段距离
一袭白袍裹住秋霜
坝上的秋天渐慢

一棵树可以使秋天洁白无瑕
一棵树可以叫爱如此高耸
坝上小河头。白桦林,你的等待已久
风中,轻盈的转身如此生动
我们的目光相遇,还有什么能让
千里的惦念变得呼吸急促
彼此的爱抚,已无须言语

走进树林就走进一座洒满阳光的殿堂
从此,我要学会自省,忏悔,满足,感恩
而你身上千万只眼睛,只是流泪
幸福总是喜极而泣

塞外的风带我到将军泡子

塞外的风带我到将军泡子
壮美的草原,不要听从风的阻拦,不要骑马
面对将军泡子垂手肃立,不是因为佟大将军是皇帝舅父
不是没有找到墓地无法献上一束鲜花

不要三鞠躬,不要听导游喋喋不休的背诵——
康熙皇帝御驾亲征,骆驼阵,十二座连营
记住蒙古叛军致佟大将军毙命的那一声枪响就行了

月亮升起时,不要在湖边用篝火点燃激情
不要轻易把湖中孤山倒影当作佟大将军
不要抛石子打扰他的梦境
不要流泪。落霞已在湖面铺满一摊摊血
无意中滴落的泪,会使湖水溢上来,燃烧

不要发誓回去写诗,不要写英雄和贼寇,不要研讨成败论
不要把誓言重复千万遍,不要将心中渐冷的忧伤说出

不要忘记和湖中那枚不动声色的圆月说
再高洁的心,也要经过一池血水的淬火……

* 乌兰布统草原的将军泡子,是康熙皇帝御驾亲征平定准噶尔部叛军噶
  尔丹的地方,康熙舅父佟国纲大将军在此役阵亡。

将军泡子古战场

将军，我来晚了
你的战马把秋天追得筋疲力尽
沙场点秋兵。十二座连营的厮杀
把噶尔丹叛军追杀得没有了踪影
当年，一声乌鸦的惨叫，引来一声枪响
血溅夕阳，身首异处
你马革裹尸，走上不归路

将军泡子犹在
湖畔孤峰是你不倒的身影
向秋天的游客讲述昔日的战争
动情处，早已是老泪纵横
残阳如血，草原无声，秋色已漫上山岗
湖中一轮红日，似一颗忠君报国的心
点燃满湖烈焰。活着的人
死去的人，都在这血色中

炮声在,大清帝国的风也在
一部战争史也在。湖光天色又多了一层痛
我把自己迷失在乌兰布统草原深处
回眸,将军泡子,一滴泪在燃烧
岸边枯草模拟马的嘶鸣

乌兰布统影视基地纪游

秋色渐深

秋风吹乱了草原剧情

乱真的兵营辕门帅帐战车

蒙古血统的战马牛羊

王公大臣妃子宫女

以及宫廷内斗后的小憩

风开始柔和

康熙大帝一声叹息尘埃落定

还珠格格的脚步比风还轻

幕布向蓝天延伸,舞台继续在草原扩展

历史与现实、真与假、善与恶、阴阳两界

以门为界而无界

剧情随山河起伏跌宕

爱恨情仇是剧情的一部分,随天气忽凉忽热

草木掩映,镜头中人物若隐若现
有人剖肝沥胆进入戏中无法走出
有人戏未演完早已真相毕露

戏终人散。草原卸完妆一无所有
朔风渐次还原草原的真相
谁,翻身上马,头也不回驰向剧情之外

第五辑

西域

漠风把岁月吹成骨头,
把繁荣吹成尘埃,将废墟吹成梦

巴丹吉林的曙光

拥挤在驼背上的曙光,一点点散落成金子
沉睡的沙丘让一峰峰骆驼看上去
比自己的驼峰,高不了多少

曙光,穿过岁月,把巴丹吉林复制成
一群青春勃发的骆驼,所向披靡,驶向生命的绿洲
多么静啊,欲望在缄默中陷落

驼铃,沙漠的神谕。牵引西域的曙光
专门在四顾迷茫的时刻
把一颗绝望的心领走

* 巴丹吉林沙漠位于内蒙古西部的额济纳旗和阿拉善右旗,是中国四大沙漠之一,有世界最高的沙丘。

飞机上俯瞰天山

一只大鸟的羽翼下
端坐众多的白发老人
天山,一群世代相传的土著
在时光中厮守、相恋,自生自灭
身着黑白相间的衣裳
守卫四季轮回的西域
哺育新疆干渴的大地
用最坚硬的骨头奉献永不弯曲的爱

天山,面对你高尚神圣的族群
高天之上,我只能飞过
却永远不能超越你精神的海拔
你比日月更持久,比大爱更绵长
在你的上空,我面相庄严,须发渐白
更何况,一朵白云
即将穿过我的身体

南山牧场

一匹识途的马
熟知南山牧场每一条路
熟稔天山雪峰吹来的每一道风
还有来去无踪的客人

平静的马还是踏着昨天的碎步
身后的古丽踢了一下马肚
马便抖开了翅膀
牧场成为风的形状
我在风中轻如鸿毛

哈萨克的古丽紧挽缰绳
在身后紧紧抱着我的腰
一个被风吹凉的男人
感到了一个民族温暖的心跳

打马驰过草原

打马驰过草原
这匹哈萨克的马
是我前世的影子
他要带我去一个地方
因为我和草原有个约定

在这哈萨克的南山牧场
用花香露水把凡尘洗净
然后把秋风灌醉
把草原灌醉
最后让自己醉卧花香
用哈萨克至纯至真的酒把自己埋葬
把灵魂安放在这里
让露水慢慢打湿

红 柳

车,恰好停在塔里木的十月
恰好我来,恰好你在
急切地扑向你,扑向你的嫣然一笑
陌上花开,你是我最美的邂逅
风不再言语

你逐沙而居,一路追杀荒凉
在沙漠戈壁渐次插上一面面旗帜
又急匆匆挥师远去,用火的色彩点燃荒滩
点燃云朵,点燃南疆的荒寂
把爱深入戈壁滩的内心,盘根错节

流年无声,你阅尽大漠千年
那些西去东返行色匆匆,历代中原的特使
那些夜以继日的驼队商贾,披着丝绸的月色
嘶哑的驼铃。最难忘,是历代屯田戍边的官兵
还有当代生产兵团的270万将士

他们泣血的歌声把你的花朵染红

把你的内心点燃，烈焰升腾

他们背负故国河山和故乡明月

献青春，献子孙。与你为伴，依你为邻

生命与你一起开花，根往一起扎

把大地紧紧抓住，把破碎的山河缝补

把生命燃成一簇簇火，闪亮生命之美

德不孤，必有邻。你的身影就是他们的身影

你的梦就是他们的梦

你们的爱，将成为一个爱

你们的魂，将成为一个魂

在荒凉寥廓的大西北

固疆拓土，不谈终老

托克逊：骆驼刺的天空

风也喊渴的托克逊
大地脱水的托克逊
降雨量每年仅三毫米的托克逊
驼群沉重的影子亲吻六十万亩大漠的托克逊

古道走失的骆驼，浊泪混着黄沙
满口血泪咀嚼漫长一生的托克逊
骆驼刺支撑一条丝绸裹身的古道
孤烟倾斜天空的托克逊

莽莽大漠黄入天，骆驼刺摇撼十月风的托克逊
鬃毛散乱的骆驼腾空离去，剩下一匹像海外游子
在自家门口踯躅不前，欲敲又止的托克逊

高昌古城

毛驴胶轮车,碾过二千一百年尘土
游人,穿过十二米厚的城墙
抚摸高昌古城嶙峋瘦骨

大殿内,玄奘踩着国王脊背登台讲经
天上掉下几滴雨
而今,藏经楼饱读诗书的麻雀
议论东土来客奇怪的装束
佛龛作壁上观的大德高僧,双手合十窃笑谁的浅陋

佛法无边。古都凋敝。最神圣的业已倾圮
依然倔强的是千年烽燧
低头抬头都是照亮西域的火炬

* 高昌古城,位于新疆吐鲁番火焰山下,始建于公元前 1 世纪汉代。在此,先后建立 4 个独立的高昌王国,毁于公元 13 世纪战火,使用了 1300 多年。高昌古城是古代西域最大的城市,交通枢纽,世界宗教文化荟萃的宝地,现轮廓犹在,气势宏伟。

吐鲁番

风吹千年的葡萄架
一粒葡萄,颤动吐鲁番的分量

三堡乡蜂巢般的葡萄干晾房
风,举重若轻,一刀一刀雕刻
剔除不必要的水分、劫难和悲伤,只留下
最甜美内心,内心深处的阿娜尔罕、复员的克里木、真主
葡萄沟、风干的历史、木卡姆、丰收……

秋风过后,维吾尔的小车
把甜蜜的吐鲁番,推进中国的每一条大街小巷

罗布人村寨

一弯流水
十株胡杨
大树后是罗布人的村庄

胡杨树凿刻的独木舟
总是把一代代竭泽而渔的人送走
把一天天捕获的鱼留下

两千年前的岸上　身裹罗布麻的人
顺风喊话：
红柳枝架起的篝火
点着了

塔里木的十月

遍地的棉花
把塔里木的十月
压上一层雪。一层温暖的雪

尉犁县塔里木乡大街　装满棉花的
拖拉机摇摇晃晃，首尾相接
似一列纵队的白马　打着黑色的响鼻
返回楼兰古国

乡棉花收购站　棉垛
像不像盆地刚站起的雪山
把寒流拦在途中　把十月拴在脚下
让摘棉花的外乡人
直一直腰

天上，有大雁飞过

胡 杨

> 活着一千年不死
> 死后一千年不倒
> 倒后一千年不烂!
> ——《生死胡杨》

在沙漠中跋涉。一棵在前,十几棵在后
再往后,是沙漠千年前的深秋

伫立了千年,孤独了千年
风中　操着一千年前的母语和我交谈
太多的沉重。说到伤心处,流泪……

也许每一棵都有自己的记忆、语言和爱情
也许钢筋般的根早已扎进历史深深的伤痛
胡杨　一树形状各异的叶子
向天上奔突,占据一寸寸干热的天空

一梦越千年。三千年后,落叶覆盖
一堆腐烂的秋风

一辆马车驶出达坂城

1938年。达坂城
那个歌王喜欢上你的时候
初见倾心,再见倾城
自此,达坂城山水含笑,声名鹊起
风如流水,掠过达坂城的石路
掠过大又甜的西瓜,辫子长的姑娘

嫁人的妹妹要走了
发电的风车,维吾尔的秋天,永远的博格达峰
都是她的嫁妆
剩下达坂城独有的大视野
原始,雄浑,凄美,僻静
秋天更高,大地更远,日子更长

古老的风吹走一茬茬人
一个久唱不衰的维吾尔旋律
叫达坂城不胫而走,永远年青
此时,一辆马车缓缓驶出达坂城
进入西域古老狂野的天空

漠风把岁月吹成骨头

岑寂。沉静。古城
时光停止了,繁荣和末日停止了
王公大臣宝马香车走了,宗教信徒也走了
坚强的土就这么站着,定定地瞭望偌大一座空城
剩下一架毛驴车在历史骨架中移动
慢慢地,慢慢地,慢得六神无主游移不定

漠风把岁月吹成骨头,把繁荣吹成尘埃,将废墟吹成梦
夕阳涂抹完油彩,将一声叹息扔在清冷月宫
漠风还在咬啮残垣,在心跳和绿洲之间
直趋我荒凉心头,把滴血的心咬疼
直咬得夕阳在泪花中
抖动

如果戈壁滩沉寂下来

如果戈壁滩沉寂下来
那么这些沉默寡言的抽油机
就是戈壁滩一匹匹红鬃烈马
每天都在原地昂首奔驰
低头,磨砺铁蹄
昂首,奋力挣脱天空
风越大,昂的头越高
雨越大,跑得越快
再大的磨难
也从不轻易吐露宿命中的暴风雨
守住内心一场欲降未降的雪

西域大道

喀什,当我下榻西域大道一百四十八号
你和我一夜无眠,以梦为马,重回汉唐
一起在大漠亲吻直立孤烟
在唐朝驿站抚摸汉代丝绸玉石
马车驼队满载历朝月光,从三条丝路日夜兼程
三十六国王公贵族冲隔世的我淡然一笑
沿西域大道匆匆消匿于疏勒王宫

丝绸漫天的喀什,西域大道上摇响风沙的驼铃
还会摇响历史吗,我没有古人幸运
他们一手牵骆驼,一手牵一个辉煌的时代
甚至喀什的风也能捏住自己的命运
而我只能在西域大道手牵自己的身影
绝尘而奔,追赶大雪中西去的高僧

英吉沙小刀

除了帕米尔高原的冷风敢于锋刃上嗖嗖地疾走
就剩冰雪冷霜与你耳鬓厮磨了
你的左脸,艳若佳人,眉黛春山,秋水剪瞳
右脸,是西域一弯冷月杀气逼人

英吉沙,英吉沙
经过智慧和力量的锻打,盐粒汗水的淬火
你就是一把斩妖除怪切不平的刀
你砍伐南疆四百年岁月,心犹不甘
静卧刀鞘的唯一理由
是等待度关的春风,然后切割西部苍凉

*英吉沙小刀,以刀刃锋利、装饰精美著称,是以"中国小刀之乡"所在地喀什市英吉沙县命名。

香妃墓

天空归于西域
蓝得让人不安
一只乌鸦没有叫,归于天空
我认定它是乾隆年间报丧的那一只
什么是忠义?这只坚守的乌鸦
一旦发声,就会说出阿帕克·霍加家族的心声
香妃墓归于此
像漂浮于纯净湖面的岛
平静,安详,有绝地重生的愿望
秋风不老,白杨不孤,美人未眠
能听到香妃当年的心跳
一颗心,仍然惦记
留给大清帝国的体香
陵墓门内,驼轿尚在
选个良辰吉日,略施粉黛,轻车简从
归于京师

* 香妃墓在喀什市东北郊。香妃其实是一个传奇，原型为清朝乾隆年间容妃，容妃的遗体葬在清东陵。容妃的随嫁人员大多留在北京牛街。

与香妃合影

花十五元
可以和转世的香妃合影
可以让一只皇帝摸过的手搭在你手上
触摸一个皇上对一个民族冰凉的占有
一个帝国和一个民族握手言和

一个民族的美只能仰视,不能悲悯
风暴带走弱势,伊帕尔汗的美依然征服世界
当春天轮回到一个古老民族
我触摸到沙枣薰衣草和玫瑰
复苏的心跳和温度

戈壁滩上的盐爪爪

风悄悄驶过
点燃盐爪爪火红的青春
顷刻，戈壁滩大火弥漫

奇怪的名字
陌生的植物，盐碱滩原住民
漠风渐冷抱团取暖
他们刚烈、满足、欢欣、交头接耳
死寂戈壁就有了生命和鸟鸣

我无法加入他们的交谈
作为尘世间的一个人
我感到格外孤独

第六辑

故乡

我跪下来,脸贴大地

母亲,我感到了你身体的温度

大野之上

大野之上
村庄横陈
坚守着自己的古老

什么样的节气
十八天后寸草结籽?
沉甸甸的谷穗
压得大野向秋天倾斜

一声雁鸣
两朵白云
三只野兔跑向秋天来的方向

两行辙印是深入岁月的闪电
马车转动着雷的轮子
比风还轻的风
吹动故乡与土地的嬗变

谁能让村庄
拦住南下的风
谁能挽留大雁
让秋天　重新开始

秋　分

秋风凉了
堆满秸秆的地里
一只鸟追逐拾荒人的脚步

一群羊
是秋风吹落的云
咩叫着紧随其后

牧羊人一鞭子甩进秋分
埋头于秋分与寒露之间
领头的羯羊　　肥了

村头。一个孕妇重量级
走进饱满的打谷场
即将分娩一个季节

母亲坟头的蒿草

一蓬蒿草
在坟头摇曳
那是谁飘飞的青丝

我跪下来
脸贴大地
母亲,我感到了你身体的温度

一丘黄土
亲情垒筑的灯塔
一蓬蒿草
一面灵魂的旗帜
一个满头秋霜的游子
如果没有了蒿草没有了黄土
他的故乡又在哪里

母亲,你入土为安

已走进大地深处

我无论走到哪里

都走不出你深邃的目光

而我，只有一滴清泪

洒向长天

随风飘去

柿子树

满树的红灯笼
映照农历的九月
红彤彤的甜蜜
染红我的记忆

我爬上童年的高处眺望
却无法摘下风霜满腮的果实
斜阳轻晃,人生飘忽不定
自己的影子洒落一地
暮色中喊我吃饭的人
早已离去

家乡的郁李子

郁李子是家乡一种类似车厘子、樱桃的灌木，春天开白或粉色的花，夏天结红色浆果。

郁李子花盛开
两腮绯红，灿若桃花
春风中的少年，热辣辣的目光
与你在崖畔不期而遇
你羞得红颜流霞双眸紧闭

待你睁开双眼，几十年已过去
一个人双鬓染霜又来寻你
人在前，春在后面，崖畔顾影
你窈窕身姿与当年惊人地相似
没有关关雎鸠的叫声
只有一只云雀迫降春天

老 井

我认识的人,走失了
只剩下他们喂养的土地
挑水的身影,失散了
只剩下一眼枯井

岁月退回到童年
井绳退回到古老
井口石板被井绳刻上缺口
退回到曾祖母牙齿稀疏的嘴
依然张着

辘轳摇上一千年
水筲打上来的依然是
比水还淡的生活
比月光还清寒的命

比岁月还长的井绳

比往事还羸弱的少年
在古诗中回家
井已成废井
那些闯关东的汉子
声名鹊起抑或穷困潦倒
都无颜回到生命源头

孙家峪

以我的姓氏命名的峪
两边瘦骨嶙峋的山
是先祖不朽的肋骨
当我离开后多年
孙家峪
渐渐矮了下去

四十年后
当我从关外
将父亲的尸骨埋在这里
一场铺天盖地的暴风雪
将落在孙家峪心头
一座崛起的山丘
使孙家峪
又增加了新的高峰

邻 居

一堵墙还在
一道裂缝还在
那个少年还在

他曾从缝隙中偷窥
隔壁的光棍斜倚胳膊粗的枣树
不断地哼唱

这唯一的枣树
枣早被他吃光
枣树比他更饥饿
它一天和潦倒的风撕扯着
风也饿

几天后
这个叫李广青的光棍死了
皮包骨头的他躺在饥荒的年代
张着大嘴
在喊一个字

送父亲回家

夜雨打在车窗上
模糊了一张泪眼蒙眬的脸
父亲,我送你回家
今天遂了你的愿

因为买了一张票
我把你搂在胸前
像小时候你搂着我
用体温烘烤一颗失去母爱的心
今天,我却无法温暖万念俱灰的你

天微亮,车过山海关
进了关,咱就快到家了
梦中眷恋的南孙村在召唤你
还有母亲,坟头的草晃动着
是她举手齐额望穿秋水吗
清明前夕,你将入土为安
多年来你裳裳的思念
总算抓住家乡的土了

清明,给父亲捎个信

你把生命的一部分
给了我,就匆匆离去

你种了一辈子的地
在上面种小麦、谷子和玉米
看到汗水变成金灿灿的收成
沟壑纵横的额头挂满霞光
你最得意的收成,还是我
你把一个农民的品格遗传给了我
你的善良和坚韧在我的骨头里扎根
还有一点点智慧

当我拿到大学文凭
想起了你砸锅卖铁的誓言
家徒四壁,你孤灯暗影下的叹息教育了我
因此,我觉得我学业最好的一门
就是清贫中的立志

父亲,你没有给我留下一分钱
但是你倾己所爱一点不少地给了我
还有正直、善良、宽厚和诚实
这些成为受用终生的财富

当你来到了一个不属于你的城市
就像庄稼离开高天厚土
身居高楼,从此不再脚踏实地
坐便成了如厕格格不入的心病
格格不入的还有日渐衰弱的身体
失禁的小便浇湿了你的后半生
你不情愿地走向了更高的地方
那里,人们叫天堂

清明前夕,大雪纷飞
就像一纸纸素笺。我给父亲捎个信:
父亲,来世我们还做父子

开 采

从村子的一个角度望去
都说茶叶山像元宝
人们夜以继日地开采
用钢钎凿岩机　用炸药汗水和热情
这座已不属于我的山
遍地灰浆是无奈的眼泪吗

我默默忍受凿岩机钻心的疼痛
无法阻挡那些拉着大块花岗岩的车轮
从和外国人签订的合同上驶来
我从另一个角度望去
茶叶山像一只乳房
渐渐干瘪下去

第七辑

太行吕梁行

梨花散尽。
春风吹低了黄土高原

窑科村

山西以西
一个和窑洞有关的村子
一个在地图上注定找不到
只能在我心头最深处才能找到的村子
塬很高,沟很深,村子很静,越往上越静

一头骡子在路边,不卑不亢,矜持的静
村前一棵鹊巢的树,孤独的静
小院空空,人也空空,寂静的静
空巢老人的咳嗽,比空置的窑洞还空的静

走进窑洞,比中国还静
在大地腹中,有一种被时空抽空的静
锅碗瓢盆,矮炕薄被,清苦人生,命如薄纸的静
相框内发黄的人物,目不转睛
当家做主的目光关注空穴来风的静

一种被春天忘记、被抛弃，令人不安的静

一种没有疼痛的忧伤，比静还静

*窑科村位于山西省吉县车城乡，偏远僻静，在高高的塬上，始终保持
　窑洞居住习惯和一份尘世中的镇定……

独守窑洞

三十七岁守寡
守着一铺凉炕,一孔窑洞
守着自己的孤影和泣血的泪花
三十年,窑洞被你守得
变老、变矮,弱不禁风
你的心比窑洞还空

猫崽似的娃渐渐长大
娶妻生子,搬到城里去了
你偶尔去住上几天
你舍不得与那个人在窑洞
共同度过的时光
那扇只允许一个人进的门,依旧关着
你依旧每天把镜子擦亮
找寻一个年轻俊朗的面庞

你走了,不回来的那天

这孔窑洞也将独守空房
一个时代在巨大的沉默中
一点点垮塌

在黄土高原落草

翻过一道梁,爬过一座峁
就来到祖国版图的一角
一条羊肠小道,是共和国血脉的末梢

地上散落的窑洞,天上遗落的星星
空巢老人深居简出,直到随大地余晖渐渐变小
这里离北京很远,离贫瘠很近
离春天很远,离生活本色很近
春风折断翅膀,阳光改变方向

紧贴地皮的小草,寥若晨星
我心怀大志在这儿落草,高擎绿色旗帜
劫风劫雨劫春天,血沃高原,汗流成河
余生化为草木,身披霞光,与河山对饮
将高原幸福染绿

春风吹低了黄土高原

梨花散尽。春风吹低了黄土高原,吹低了
悲悯苍生的身影,安身立命的小草的呼吸
吹歪了几孔窑洞的眼神,坚守的蓝色炊烟

风把太阳的影子吹走,把高原的沟壑吹斜,却吹不走
贫瘠的日子。几孔窑洞端坐千年,清心寡欲,宁静内敛
沉重的风挤破门窗,挤进岁月斑驳的门帘
我们需要多大的勇气,才能面对窑洞空旷的内伤

如果躬身面对善良的忍者,请风慢一点把眼泪吹干
如果在风吹的前面,请专行低处,做一滴水
不说大话,在黄土中越陷越深

壶口瀑布

一条历史的大河
黄色波涛翻滚一个民族的血肉
走到这里
将绵长情节推向高潮
没有大起,只有大落

俯冲即是飞跃
于是,我明白了为何
一个黄皮肤民族选择一条河的方式行进
跋涉千里,千折百回
面临绝地深渊
一声振聋发聩的怒吼
纵身一跳,杀出一条血路
冲破命运缺口
置之死地而后生

此刻

大陆板块断裂颤动
天穹的耳朵灌满雷霆
世界哑然失声

壶口,纵身一跳

伫立岸边的
只是我前世的影子
衣袂飞扬,心跳若无
我的生命早已出走
她一再厉声唤我
用雷声锻打我的身躯
用黄土雕琢我的魂魄
挽臂而歌于西北
壮怀激烈于黄土高坡
赋予我黄色皮肤
赐予古铜色骨骼、决心和呐喊
教我砥柱中流
自亿万年高原下来
千回万转,九曲十八弯
就是为了这纵身一跳
粉身碎骨
叫我波澜不惊的一生
一波又起
一波未平

黄河岸边唱信天游的汉子

那个唱信天游的汉子
依旧站在黄河岸边
吼得苍黄的天掉落了泪滴

信天游是大西北的魂
横亘黄河,跨越岁月
阵阵歌声卷走多少世代风云
一曲曲信天游埋葬多少歌手
这些黄金的音符浇灌高原纵横的伤口
又用西北风柔软的手
抚慰一个民族泣血的心头

南来的流云,北去的风
一年年把崖畔的兰花花带走
歌者,是你
伴唱,是黄河不息的涛声

随着北上的春风
我将离开高原
我带不走黄河,也带不走瀑布
只能手捧一段信天游
若心有惦念,中途细点数那歌声
无软绵之躯,有古铜之色、金属之音
回眸那个唱歌的汉子
定变成一块会唱歌的石头
慢慢扎根岁月身后

折一枝花与诗句一并寄出

太行山大峡谷的黄花，使我想起另一种黄……

好大的一片山坡

好大的一片黄

是那种极具扩张力的黄

纯粹得令人心疼的黄

任何一株花都会从季节深处迎上来

开放在你心里

任何一只蜜蜂都会在太行山

找到家园和爱

我们是否必须像雨水

把自己染成黄色渗入大地

再把自己的宿命还原成草木

灼灼黄花，只要你知足你高雅

我就宽慰和富有

想折一枝花与诗句一并寄出
把沦陷于太行山的春天一并寄出
传书的大雁已掠过头顶
寄与不寄，都会想起北方以北
自己深爱的故乡
那片用黄命名的海

北山是桃，南山是杏

北山是桃，南山是杏
大峡谷内，你来或者不来
都如期开放
尘世之外，他们把春天
写在山崖最高处
把时光放慢，叫岁月年青
让春天的灿烂永驻枝头
让流水返回童年

你爱或者不爱，都会留下身影
十年长成两棵树
一棵是桃，一棵是杏
让他们彼此相爱，世代繁衍
子子孙孙，无穷匮也
叫太行山变成花的海，爱的海
那时，我们在或者不在
一朵朵花都是我们笑的模样

守身如玉的桃花

太行山被朝阳打开时
桃花最先露出脸儿
她们没日没夜地开,厚积薄发
替那些同名的姐妹值守在
古老的家园。用花香漫过
外乡人惊艳的目光

即使在花下赴约
你也别想走桃花运
暗影深处隐匿多少红颜薄命的情节
这些守身如玉的女子
面颊绯红,目光冷艳
大峡谷,她们安身立命之地
而我们只当作一道历史
难以弥合的伤痕

只可以于花下,且走三步

每一步可以是一个季节
然后依次喊她们为
妹妹、姐姐和母亲

杏花始开的小山村

人间四月芳菲尽。我从四月匆匆赶来
一条小路，通往杏花始开的小山村
芳草鲜美，落英缤纷。像太行女子的腰身
柔软，修长，善于藏拙

繁忙的杏花。伸展的枝头是她们的
太行山是她们的，男人柔弱的心灵是她们的
小路蜿蜒，各走半边。一边是我
一边是花瓣跌落的声音。最美的相见
心存敬畏，步履小心，唯恐踩疼太行最伤感的部分

花开知多少。一部分坚守树上
一部分下落不明。移居城里的杏花
还原成太行山的笑纹。山村无恙
似在等待一句信誓旦旦。回眸
山村春天的高处，留守的杏花挤破墙头

大风一吹

大风一吹
山上人就少了
只留些老人,昨日黄花似有牵挂
挂在风中,不愿从枝头凋落

大风中,战争和胜利喜讯比风还快
风过后,春雷乍响,好日子总像雨水躲到风后

城镇化风声越来越紧。太行山
还有谁将固守这一方水土的血脉和方言
祖籍、土地将失去,还有祖屋祖坟
不违农时的四季,故土的爱和怨
疲惫和忧伤,以及满山杏花,梦中花香

成长和文明近在咫尺。小孙子的离开
也在预料之中。届时,一声空喊将失去温度
待到大风把老人卷走,鸟儿的一声哀鸣
将把偌大的山谷压垮

山花被朝露一一打开

一条小路
走向春深不知处
太行大峡谷,山花
被朝露一一打开
这些细碎的鲜红
又一次祭出烈士血迹
风吹,我的心
红色涌动

心随花开
山坡重新长出季节
今天的好日子
因为鲜花盛开
安静了下来
溪水如歌,与春风同行
在胜利源头
岩石壁立信念不倒

这些自生自灭的花

柔弱的肩承受过多少难

还会被谁

经常回忆和忘记

露珠，花间一壶酒

天天祭故人

一个人在太行大峡谷行走

撑一柄雨伞
一个人在大峡谷行走
花事匆匆了
伞就是一朵移动的花

你喊一声
峡谷就掏心窝子回应你
云雾移走山峰
细雨打湿季节
溪流揖别春雨
空谷湿漉漉鸟鸣
已占领一颗疲惫的心

不知不觉爱上了太行山
雨中伫立悬崖。久了
就是一座日夜相守的山峰
一块会说话的石头

一棵会牵手的树
一只忘记归巢的鸟

与山邂逅,只需瞬间
爱上一座山,却要终此一生
休说花事已尽
江山入画,灵台明亮

高 度

大雾退去时
谁最先站在村口
老榔榆,全村唯一的长者
你是回乡人最高的思念

太行山守着树
树守着村庄,我守着你
一棵树的高度比人生更长
我不懂你的风言风语
但除了贫穷郁积的痛
还有什么比你的根扎得更长

寒风如鬼子的刀架在脖子
大雪封山,饥馑和虎狼下山
断了乡亲的活路
那些你心疼的苦命人
最不放心的人出走

你用你的高度为他们

指点出山的方向

让离乡的人

一步三回头

心生呼啸

满眼霜花

＊榔榆，别称小叶榆。树形优美，树皮斑驳，枝叶细密。常用来当作绿化树，主要生长在华中、华南地区。

我必须告别东北来见你

我必须告别东北的
红松、黄菠萝、水曲柳、辽东栎
放弃寒温带白桦树的傲岸与偏见
穿越大半个中国来见你

太行深处,谁能一千年
与四季交换风雨
与山川交换抱怨愁苦
谁就能加持万代子孙
守护失衡的天地
我心怀敬畏来见你
我把虔诚的心交给你
你把浩瀚的树荫洒遍太行山
把根扎进不朽

谁身背故国弯月,沐霞光万丈
老态龙钟,骨感分明

谁就是四季色彩变幻的家乡
就是心中摇曳多姿的太行

老椰榆,那些先你而去的乡亲
一生素面朝天腹背冰凉
谁遁入岩石,或者走上枝头
谁就会成为你的一片叶
日出时,向山外的岁月张望

马鞍垴

风不即不离
石屋端坐峡谷春天之上
石墙支撑摇摇欲坠的时光
黑洞洞窗户是马鞍垴空洞的伤口
春光无限,炊烟散尽

石屋大门紧锁
门前挡着枯瘦的玉米秸
是讨生活的农民工留在家门口的身影
一树梨花带雨,寒光四射的雪
压弯马鞍垴春天的梦

马鞍垴一半在天上
一半在人间
石屋是游子的灯塔
是太行山四月最高的风景
此刻,叩门的除了我

只有断肠的雨

细若游丝

＊马鞍垴是太行山悬崖上的一个行政村。

风的雕像

巨岩

从中原拔地而起

八百里太行就有了钢浇铁铸的风骨

矗立的思想者就有了义薄云天的高度

伟岸的身躯,雄性的胸膛

是风的雕像,是雨的雕像

是日寇胆寒的八路军的雕像

是逐鹿中原英雄的雕像

巨岩

须看三遍

第一眼须仰视。天低了

地高了,白云及腰

再看,巨岩连着江山、民族,坚不可摧

挺拔、铁……

最后它会走进心中的沸点

用战歌、兵马、大刀长矛、血肉

把烽火烧得更高

巨岩,是一道气节陡立的绝壁

不可逾越

逼迫我们的良知

无路可退

石板岩乡

扎根层次分明的石板岩上
一个乡,就有了坚不可摧的硬度
石板岩乡那些散布全国各地的石匠
身板硬,身影硬。更硬的是
铿锵的凿石声,还有他们的声誉

春天的石板岩,不闻凿石声,只见水流长
但见桃花漫卷东风,柔美的眼光灼灼逼人
胜过万箭齐发,以柔克刚
在水滴石穿般穿过石板岩前
已把我柔弱的内心穿透

时光的碎片

散落的石板是时光碎片
如祥云飘落,聚集屋顶
春去秋来不相待,阅世无数
聚集太行山多少风轻云重

要是千年前的雨落下
你手撑油纸伞擦身而过
你就是赶考归来的相公
要是落榜,就穷尽一生埋头苦读
那些石片是读不完的经史子集
无须悬梁刺股,只要饱读诗书
修身齐家治国平天下
这里处处都是黄金屋

一个诗人挑着担子在太行山行走

在太行山采风,偶遇一位要去种土豆的老农,遂接过挑担……

挑起这副担子
如果能走向童年
看到父兄挑担于阡陌的身影
依旧年轻,依旧硬朗,依旧安好
我将继续挑下去

挑起这副担子
如果能回到故乡
生我养我的一亩三分地
春季挑粪,秋季挑粮
青山不老,大地丰盈
一担担乡情挑不完
我将继续挑下去

挑起这副担子

如果能找回灵感

诗情如斗大的雪花

落满太行大地，压弯肩头

我将继续挑下去

挑起这副担子

如果太行山风调雨顺

谷穗压弯大山

土豆粮食堆满仓

五谷丰登，日子殷实

明年，我还回来继续挑下去

第八辑

诗意西南

高原心怀大善的人
高海拔的美，令人炫目

雪 山

旭日为雪山披上
第一道金纱时,不要问
她们伫立了一夜,在等谁

那些身着长袍怀揣黎明
雍容华贵的藏族女人
扬手打车时,不要问
她们去向何方

天地大美,无疆无形
高原心怀大善的人
高海拔的美,令人炫目
雪山混迹藏族美女行列
相互交换冰清玉洁和女儿红
不要问,哪一个叫卓玛

一万年后

雪山红颜不衰,只是老了流年

不要逼迫自己回答

还来不来邂逅终生洁白的情人

雪山下的草甸

一群黑牦牛的身影
加速了阿坝州的寒冷
那头与众不同的白牦牛
是雪山唯一的儿子

黄褐色起伏的草甸
是秋天未读完的经卷
天空阴冷渐入藏袍的一只空袖筒
花香沉默。百灵沉默。爱情沉默。
草根下埋藏蝴蝶辽阔的期盼

暮色已降。怀揣心事的
牦牛反刍心中的春天
篝火升起。青稞酒再一次
在牧牛人生命中泛滥
寂寥孤独的高原
牧牛人古铜色的脸上
海拔三千五百米的火焰渐次升高

旋转的岁月

两个穿藏袍的土著老妇人
九座白色佛塔
我无法判断谁来得更早

白塔伫立藏寨古老的守望
它和黎明谁站得更直
顺时针绕白塔转几圈
才能追上旋转的经筒

多少旋转的岁月
走进酥油走进牧草渐黄的细节
走进阿妈善良的心
白色的哈达山涧的水
一个人的一生和祈福的路谁更长

经幡经石上繁衍的经文
撒满大地变成金
扎西德勒

青稞,青稞……

有一种纯美的高度叫青稞
有一种野性的绿色叫青稞

雪域高原。阳光稀薄,空气很轻
一株固守高原的青稞转身时
明媚的天空再一次被卓玛的腰扭动

野性的青稞,无处不在的青稞
使冷风泣诉变暖石头目光变软的青稞
发育的青春使高原拔节
深邃的日子再一次被卓玛的爱情所感动

从季节和阳光中穿过
青稞卓玛互换衣裳和心境
墨绿色藏袍染绿高原的阳光和热情
柔美的头发吹皱天空多情的风

卓玛青稞　华贵炫目的头饰

高过寒冷的冬天

高过赞美你的诗行

高过我缺氧的恋情

青稞，青稞……

青稞，青稞……

九　寨

流水念经
转动磨坊的轮子
一些熟透的岁月从磨眼进入
被佛祖细细研磨
訇然落下，成为
须发花白的诺日朗瀑布

无法计算这些村寨
与岁月流淌的距离
一个从未走出沟门的老人
他的一生，恰是身旁海子
收藏的一行雁阵的长度

树正寨

树正寨
经幡林立
西线无战事
吐蕃军队的后代
纷纷成为九寨沟民俗村的商人

免费参观的藏家民居
经堂神秘莫测,客厅富丽堂皇
年幼的次仁在奶奶身边
正用汉字写着自己的名字

次仁阿妈脱下牛仔服换上藏装
她的离开使来客的心突然空旷
一个汉人的父亲
忽然有了亲一亲次仁的欲望

心中的海子

传说男神达戈赠给女神沃洛色嫫镜子时,镜子掉落九寨沟,碎成一百零八片,即现在的一百零八个海子。

在这远离大海的地方
把一百零八块镜片
叫作海子

来自海边的我
一定紧随其后
适时地把黄海这面镜子送给你
沃洛色嫫

而我胸中滚烫
我会把你永远的美貌与心事
像镜子样印在心上带回去
沃洛色嫫

仰 视

导游的解说
把人们的目光举高放远
仰视路旁一手持枪一手举花的战士

大部队走了以后
他留了下来。用凉下来的枪杆指点
一部二万五千里史卷重点章节
雪山、草地、大渡河、腊子口
一串删节号似的脚印后面
锈迹斑斑的辎重、带血的枪声
七根火柴点燃的生命
领袖坐骑走进战士饥肠辘辘的腹中
驮起中国的黎明

松潘。川主寺镇。元宝山
一位红军战士用枪刺破阴云
用鲜花装扮天空

好像什么也没说
游客心中却电闪雷鸣大雨滂沱

*红军长征纪念碑位于四川省阿坝州松潘县川主寺。碑园建在元宝山上,北临九寨沟97公里,距松潘古城17公里。

朝天门码头

在朝天门码头
被一个陌生人盯住
他的目光不离我的行李
手持一根棒棒

一根横亘生活的棒棒
担着我的行李
担着朝天门
担着重庆沉重的夜色
走下比人生坎坷还多的台阶
走向生活最低处

轮船前,棒棒停下脚步
汗珠纷纷砸向长江嘉陵江汇合处
他上上下下的台阶加起来
还不足两张十元币的长度

大江东去
一只秋天的船将顺流而下
一束低处的目光仰望
棒棒已朝天爬到希望的高处
高过了朝天门码头
高过了秋天重庆的夜色

棒 棒

横过来
你是一座桥
让负重的生活从脊梁上依次通过

直起来
你是一株闪着盐花的树
支撑起重庆黑云欲坠的天空

你横竖,都用汗水浇灌别人的幸福
你总比二郎起得早
陡峭街路上,担着两座山追赶太阳

棒棒,你是我的亲兄弟

棒棒
你是街头守望生活的一棵树
你是城市古铜色汗水涔涔的脊梁
你是《资本论》中最简短的生产工具
你是劳动法中最基本的关键词
你是汉语词典新增的词条

棒棒
你是一群搬家的蚂蚁
你是一座移动的山峰
你是一条汇入长江的河
你是不忘初心乡音不改的乡下人
你是我的亲兄弟

去杜甫草堂和诗圣对话

真想再去一趟杜甫草堂
看看你为建草堂写下的那张借据
落款,你横卧其上,千古沉重

然后告诉你,更大更猛的秋风
从朔方刮遍神州,万间广厦却迎风而立

广厦高大,秋风浩荡,人影渺小,嗟叹不止
一边是高及苍天的房价
一边是无人问津的鬼城

夜入秭归

千年前的一跳
激起后世万千龙舟竞发
投身汨罗江底的三闾大夫
不朽成江水辽阔的魂

秭归,也继屈原之后
跳入长江水,成为不倒的印记
增加了大江的高度
增高了故土故人的思念

屈子,夜色中我到你的故乡看你
秭归新县城高处
我看到时光另一面
你牵引一条龙款款东去

我认定你是王昭君的妹妹

你从竹影中闪出
身影比夜色还轻
月光前稍走几步
就走进一个凡人空寂的心境

我刚从江边老黄陵庙出来
你的美超过洪水在楠木柱上刻下的高度
夜色迷人的秭归小镇
我认定你是王昭君的妹妹

没有狐魅，没有妖术
却搭讪买下一包烟
少顷，我将返回船上
离开这个洪水退却的地方
漫漫人生路
心头的洪水何时能够退去
说什么往事如烟
纵有千年万年
我的思念完好如初

在彩云之南

这么蓝的天,彩云翔集的下面
定是叫"滇"的高原了
切记,下飞机前采撷一把彩云
选取最贴心的一朵,藏匿胸怀

2102米海拔,长水国际机场
盎然春意扑面而来,头顶的云彩不即不离
抛掉黎明的寒流傍晚的雪吧
把第一眼春色种在心的最深处
把阳光的暖洒满行程
云南,我默念你太久
你等我,是否已经疲倦

结庐在云南,心远地自偏
苍山洱海,泸沽湖,香格里拉,石林,西双版纳
茶马古道,三江并流,东巴秘境,丽水金沙
这些七彩祥云的名字,飘然而至

光是念叨一下，时光就会慢下来

从黑土地到红土地，从东北到西南
大地渐高，天穹渐低
离蓝天近一点，离喧闹远一点
寻觅平静与安宁，不凉不热
把一生诗情倾泻在这里

坐拥高山大河，就是坚守自己身体
一个昼夜，即我的前世和今生
物我一体，山高我也高，地广我也广
守住内心的江山，云卷云舒
有多少话生于心而止于口
洒洒长天，泪击千古

玉龙雪山

云南丽江玉龙雪山是旧时青年男女殉情的地方,他们先在山下生活一段时间,然后到半山腰的云杉坪殉情,让灵魂进入玉龙第三国的极乐世界。

让清风选一条上山的路
一路无语,云杉肃立,人间静美
只有马蹄声叩击山脊,只有风吹动松涛
你若寂寞,可祈求彝女以歌声赶马
不要和她们说心里话,云杉坪到了
有话就告诉安坐千年须髯飘拂的老人

一切的鸟鸣,因为悲怆,早已把情歌唱完
如有云鹰轻唤,那些殉情男女将纷纷赶回
白云及腰,重踏上山的路
我们和殉情者走的路平行。歌声打通
阴阳两界,上山的路比人生艰难
殉情者的魂灵要走多少路

才能到达玉龙第三国?

旭日照亮蓊郁的云杉林,集束光是一把刀
神用它把小路雕刻得更加幸福悠长
把花香雕刻成晨露,将马蹄洗净
把日子刻得丰满,把人间刻出希望
把殉情者偷窥的目光刻出光芒
让废弃的殉情路铺满鲜花阳光
让爱不死,比山高,比谷深,比水长

走进玉龙雪山

风向山顶爬去
一边吹响马的铃铛
马踩着雾在云杉林渐渐把雾包围
行路即人生,每走一步都是未来的开始
从东北来,到彩云之南。风景即心景
美丽的心境,就是最美的风景
不要回首,让一朵云南的白云记住来的路
天蓝得让人心痛
玉龙雪山不语,内心是那么美
你的每一次回眸,都能把我击倒

十二座处女峰
十二座白色贞操的坐标
超度于红尘与诱惑之上
鹰飒然掀动雪山一袭白衣向神靠拢
在这个浮躁的时代
在隆起的高原之上
在低矮的蓝天之下
还有谁能坚守精神的高原

云杉坪

那些深邃的峡谷
足以收容世间一切哀伤
我们骑着马,唱着歌来
歌声动听,呼吸单薄,只为寻找爱

云杉坪,殉情者爱情的祭场
两棵相挨的树,只若初见
仍悄声演绎忠贞和爱情
我们遍寻旧日薄命红颜
用灿烂目光和煦微风来寻找
用智能手机和茶马古道史诗来寻找
安睡的是你,辛苦的是我
幸福是你们的,欣慰是我们的
幸福总是与孤寂相伴一生
熄灭与再生不过是夕阳与旭日的轮回
那些青年男女的躯体早已枯萎
而爱活着,信仰壁立千仞

玉龙雪山，你披云戴雪，坐看人生
是心怀大爱的长者，一坐就是千年
唯有你能了断爱情，重生姻缘
叫双双爱侣来世重逢
细碎的雪，从山上飘落，打湿来的路
也打湿仰视的目光。雪山端坐
唯有他的影子陪伴我们

寻一首诗中的三角梅

北风凝重

携我一路南行

八千里路云和月

五千年注定的缘分

沿一首诗的韵脚

看鼓浪屿三角梅

岁月深处绽放灿烂的笑容

抬头是你,低头还是你

侧身是你,转身还是你

崖畔路旁占领生活的高地

独领风骚摇曳鼓浪屿顶峰

哪一朵最美,哪一朵就是璀璨的诗句

哪一朵最红,哪一朵就是缪斯王冠闪亮的金星

生生不息的三角梅

如人生跌宕起伏的三角梅

抑扬顿挫平平仄仄的三角梅

掀起诗坛风暴的三角梅

吹动胸中诗潮澎湃涛声四起

挟惊天裂岸呼啸

走进你的微笑

你却永远走不出我的宿命

附：

日光岩下的三角梅

舒　婷

是喧闹的飞瀑

披挂寂寞的石壁

最有限的营养

却献出了最丰富的自己

是华贵的亭伞

为野荒遮风避雨

越是生冷的地方

越显得放浪、美丽

不拘墙头、路旁

无论草坡、石隙

只要阳光长年有

春夏秋冬

都是你的花期

呵,抬头是你

低头是你

闭上眼睛还是你

即使身在异乡他水

只要想起

日光岩下的三角梅

眼光便柔和如梦

心,不知是悲是喜

1979年8月

九曲溪

这一笔狂草
拐了九道弯
曲折了千万年
蜿蜒在武夷山中
至今仍未收笔
绿色的墨
发出哗哗的响声

几峰山　嶙峋成
八大山人扬州八怪和竹林七贤
形影枯槁
立于狂草两岸　九曲流觞
对酒狂歌　挥毫泼墨
将竹篙这神来之笔
插进心灵深处
搅动古越王国的沉烟
和横亘溪上的神话

然后醉倒在绿色的梦中

竹筏　轻轻滑过梦境
纷纷如梦中逃逸的小令

*九曲离殇是古代喝酒的一种仪式，将酒杯放至水流上，流到谁处谁即
　喝酒。

撑筏人

竹篙轻点
撑筏人捞一溪鸟鸣
竹筏穿云破雾
山歌飞落天涯行客心头

撑筏人
家在筏上
左脚踩一只太阳
右脚踩一只月亮

汗水挥洒　打湿千年掌故
竹篙戳向岸岩一排排坑窝
在武夷山的骨骼上
钤上一个个带火花的名字

晒布岩遐思

好大一块布
悬挂在九曲溪畔
叫太阳晒

永远的风雪雨霜
把所有的日子按照经纬编织
再涂上五颜六色,叫岁月

一钩弯月穿梭
把武夷山的沧桑也织了进去
岁月的艰辛被阳光暖得发抖

阳光下
蒸晒的是织女浸透岁月的心血和汗
熠熠闪光的是闽越人经天纬地的大智慧

一梦千年
从岩下流过
是一抹亘古的感叹

香港，我在寻找谁

没有告诉你
为的是给你一个惊喜
轻轻地来，只是和你
喝一杯茶或者略带苦味的咖啡

中环。万头攒动的人流中
恍如木棉花最靓丽的一朵
一个浪漫依然的身影
于稀风疏雨中翩然而至

这个不下雨也流淌黄金的地方
我们相近又很远。思念是一把刀
但相望已是无语。你，若即若离，掩面而泣
我几多愁绪已由风雨说出

在这香港最丰腴的地方
无法辨析那些怀揣财富的摩天大楼

和家乡的春笋谁更接近天空
而你欲说还休,风雨中将梦归何处

我是一个无产者。我认定
只要你过得比我好,我将轻轻离去
相见也有分离,隔着飞机舷窗
我和你,说出同一个字

湾仔跑马地

香港湾仔跑马地
一匹资本的马飞驰马道
风,即刻失去形状和意义

各色马跑向人间另一端
道路楼宇和维多利亚湾也跟着跑起来
整个香港跑成了一匹马
跑在地球前头

马背上
一边是美元
另一边是财富

梦回海南

一

海南
几回回,梦里回去的海南
我的梦里有你的梦,我的思念有你的思念的海南
四面面朝大海,四季都有花开的海南

心怀波涛,内心充满美好,充满椰风海韵
青春期的海南岛,坚硬的石头也变得多情
一年四季散发着情热。五指山万泉河的青山绿水
抑或海口三亚的蓝天椰风金沙滩
只有春天的温馨,夏天的火热,没有秋天的
肃杀,没有冬天的冷酷

二

满岛峭拔的椰子树,树中的伟丈夫

无时不在召唤期待着远方，翘首以待
那些素装淡抹的身影，只一眼
便南风十里，心中花开

椰林蕉雨，海风拂面。心也为之澄澈
举步也变得轻盈，脱口便是唐诗宋词
海风追逐海风，海浪追逐海浪，它们不停地
雕刻一弯海岸，也雕刻你的心

此地距尘嚣甚远，离梦境最近
人的一生，总要觅一处宁静，安放疲惫的灵魂
最要紧的是守住心中山水，穷途末路时，有一分
真情，即是最美人间

三

喜欢海南，淡淡的就好。轻轻的偎依，浅浅的抚慰
没有疾风狂澜，也没有海枯石烂。观海海则蓝
看山山则绿，一切美好如初

不要把海岛爱到荼蘼，不要让悲喜写满眉宇
纵使览尽天涯海角，一湾浅滩，两袖海风

满天碧蓝,你仍是故乡待归的人
梦境如明日黄花,落地成殇。你看那天涯海角
浪花轮番往复,而我记忆中的几朵,却流年去远

纵使锦瑟流年,天各一方,也不难寻找当年的行踪
海南,在梦里,在血液里,舍不得,忘不掉
放得下千山万水,唯独放不下你
而你正在把我内心的千山万水一点点取走……

天涯海角

如一生抵达的梦境
我来即初见
第一眼即阳光盛开海平如镜
这里,椰风适合罗裙
这里,海滩适合安放海誓山盟

此刻,不要管
那几块呆哑的石头
亲爱的,我只想在波涛
喧嚣中抚平你急切的呼吸
海浪,一波又一波
是谁汹涌起伏的胸脯
海天浑然一体
是灵与肉的拥抱吗

到这里就像到来世
望离岸渐行渐远的船

我只想抱你恸哭

亲爱的，天涯海角的尽头

你我的人生，刚刚开始

大东海

三亚市有大东海和南山,据说"福如东海,寿比南山"源于此。

清风吹动浅秋
这一刻,坐在盛满幸福的海边
你我就是这两个并列的字
你靠着我,我倚着你
既不能拆开,也不能分离
心随海浪你追我赶去

弱水三千,只取一瓢
只想和你掬幸福之水分发给更多人
或者,我们也变成一捧海水
分给天南海北千家万户
自己只斟一杯海上月光

亚龙湾

海潮刚刚退去
阳光在海滩养育金子
寂寥面朝大海
无言独立礁石
海风再度拂面
只因身边有了你

沙滩。爱的白纸
谁画了两颗心
天地间留下海枯石烂的誓言
岁月能雕刻浪花
也能把海滩洗白
风止于水
爱生于心

夜宿三亚

潮起潮落
在窗前的南海
也在我们的内心

风起云涌
在苍茫的海面
也在室内二人的世界

真希望潮水一日三涨
但是,我转身关门闭户
怕海底龙王趁月黑风高把你掠走

南海岸边

南海的岸边

一棵俯身大海的椰子树

在期盼中老去

我像一块来自北方的礁石

端坐爱的深处

此时,北方十分遥远

浪涛兀自重复一千遍天长地久的誓约

白色海鸥在海滩写下

几行举重若轻的诗句

游客散尽,我还没有准备离开

不时有轰鸣的夜航班

将失散的情侣

从天涯海角带回

第九辑

风雨异邦

一路上俄罗斯
雨,说下就下来了

符拉迪沃斯托克烈士墙前

这些青春的生命
依旧以纵队
排列在墙上
俄文字母的一道道笔画
是一根根青铜
铮铮作响的骨骼

每当婚礼中的新人
献上一束花
这些年轻的布尔什维克
就会从凝固的战斗中
走下来
走进新人的心中
走进俄罗斯民族的战斗基因

一堵墙
风吹不倒雷击不垮的身躯

支撑起俄罗斯

坚挺的爱

墙前的长明火

照亮俄罗斯

沉重的天空

风雨符拉迪沃斯托克

一踏上俄罗斯
雨,说下就下来了

符拉迪沃斯托克,风雨交加
历史和现实纵横交错
一人独对山城
独对阿穆尔湾,一纸条约的留白
一百五十年前,也应该有一场雨
雷鸣电闪中
那些长辫子的清朝兵勇
撤离这片黄皮肤的国土
泪飞顿作倾盆雨
海湾暴涨
那水应该是咸的

独对风雨
独对车水马龙

独对俄罗斯姑娘高挑白皙的身材
隐入亭亭白桦林
寻觅一个天朗气清的时刻
阳光和煦,江山大美
白桦树们在风中交头接耳
用的是中原母语

风吹列宁

在他的国度
得先学会一句俄语
学会"您好"的敬辞
在弗拉基米尔雕像前
肃立,仰视,问候
牢记他手指的方向
记住一个信仰的坐标
而现在,有风掠过列宁
风飘忽不定
三色旗,俄罗斯的国徽
永恒的双头鹰
一只头向东
一只头向西

问一问
端坐雕像下的老人
仅存的列宁还会不会

从1918走进寻常百姓家
十月，他的革命已经结束
阶级，斗争，英特纳雄耐尔
布尔什维克，红军，领袖，导师
带血的记忆还会不会复出

风吹列宁
阳光太嫩，青铜太旧
鸽子坐享其成
然后在伟人头上拉屎
而我喜欢这颗明亮的头颅
——日夜放射光芒的太阳
作为他队伍中的一员
如果变成风变成雨
将揩拭他头顶的污秽
站立成永恒

汉江岸边

将汉城改为首尔
却没有将汉江更名
一条江,流淌了千年
混血之水,尚未结冰
始终流向西方

我在汉江岸边,眺望两岸繁华
车水马龙穿过朝阳鲜亮的晨光
阿里郎没有来,鸟叔也没有来
与我同肤色的人匆匆路过
却听到异样的思维和心跳

那些形制规模太小的宫殿
蜷缩在摩天大楼的阴影里
在更大的雪来临前
青瓦台的苍松百枝不摇
静候倦鸟归林

西伯利亚的寒流即将到来

在这韩流的发源地

我紧裹衣衫

异国的雪

韩国陌生的街头
稍一回眸
雪就下来了
不知是我追雪
还是雪追着我
相继流浪在命运的远方

像看到乡亲
眼睛有些湿润
伸出手想握一下
冰冷直抵心头的暗伤

在异国
似曾相识的还有谁
彼此抵达内心的还有谁
只有雪融化了我
要么我融化了雪

今日兀立异国街头

一声凄厉的汽笛
撕裂夜色后,海轮驶离母港
一个钢筋铁骨的庞大生命
柔软的内心剧烈地颤抖

今日兀立首尔的街头
另一种母语如冷风扑面
扑面的还有车流人流和寒流
人啊,为什么这样弱不禁风
走出爱你的你爱的母港
就像一叶扁舟
一无所有

后 记

　　《边地诗》主要辑录了21世纪第二个十年，特别是近几年的诗歌，计222首，9个专辑。其中有三分之一发表在《诗刊》《星星》《诗潮》《绿风》《诗歌月报》《诗歌选刊》《散文诗》《满族文学》等杂志，其余散见于市级报刊和博客、公众号等各种自媒体。诗歌内容以写边塞之地为主。

　　诗歌是文学的宝塔尖，中国历史上诗歌鼎盛期在盛唐，唐诗号称五万首，其中边塞诗两千，是最具代表性、最辉煌灿烂的部分。边塞诗在文学史上留下浓墨重彩，也在我的心灵打上深深烙印，并且反复锻打着我的文学梦。而我所处的边塞环境和我的精神心灵追求有一种自然的契合。

　　当下的诗歌创作百花齐放，百家争鸣。我感到诗歌创作者应该从过于强调自我，转而树立正确的诗歌主体意识，写出有积极意义、催人奋进、感人肺腑的诗篇。中国的诗歌应该是中国式的写作，应该是《诗经》《楚辞》、唐诗宋词和民歌的集萃延伸。诗歌应该有金属的质感和响声，应该有国画、油画般的画面感。诗歌应该有诗味，有技巧，有绕梁三日的回音。诗歌应该是大诗，大如荒漠、草原，应该有长城般的崛起……

感谢为此诗集的编辑出版提供帮助支持的诗友、同学、领导！